Ludwig   Fulda

Aladdin und die Wunderlampe

Tausend und einer Nacht nacherzählt

Ludwig   Fulda

Aladdin und die Wunderlampe
Tausend und einer Nacht nacherzählt

ISBN/EAN: 9783337352455

Hergestellt in Europa, USA, Kanada, Australien, Japan

Cover: Foto ©Andreas Hilbeck / pixelio.de

Weitere Bücher finden Sie auf **www.hansebooks.com**

Aladdin und die Wunderlampe

Tausend und einer Nacht nacherzählt

von

Ludwig Fulda

Mit Bildern von Max Liebert

Berlin 1912

1.

Kommt, Kinder, faßt mich bei der Hand!
Ich führ' euch in das Morgenland
Und in sein Märchenparadies
Auf einem wohlbekannten Pfade.
Vor langen, langen Jahren wies
Ihn die berühmte Schehersade
Dem argen Sultan Scheherban,
Sodaß der greuliche Tyrann—
Weil ihre Kunst, in bunten Bildern
Ihm eine Zauberwelt zu schildern,
Unwiderstehlich ihn berauschte—
Vergessend Speis' und Trank und Ruh',
Ihr volle tausend Nächte lauschte
Und eine weitere noch dazu.

Von jenen köstlichen Geschichten,
Mit denen sie sein Ohr betört,
Will ich euch eine nun berichten;
Seid also mäuschenstill und hört:

In einer Hauptstadt fern im Osten,
So fern, daß nur mit viel Gefahr
Und ungeheuren Reisekosten
Man ihr zu nahn imstande war,
Jedoch so reich an Herrlichkeiten,
Daß niemand ihresgleichen sah,
Dort lebte vor geraumen Zeiten

Ein Bürger namens Mustapha
Mit seiner Frau und seinem Sohn.
Sein Brot erwarb er sich als Schneider;
Sein Handwerk aber trug ihm leider
Trotz allem Fleiß nur magren Lohn,
Und knapp war drum bei ihm bemessen
Das Mittag- wie das Abendessen.

Den Sohn—man hieß ihn Aladdin—
Konnt' er nur mangelhaft erziehn;
So ward aus dem ein rechter Flegel,
Der gut tat, nur solang' er schlief,
Der schon frühmorgens in der Regel
Barfüßig auf die Gasse lief,
Sich dort herumtrieb nach Belieben
Mit andern kleinen Tagedieben
Und, bis ihm durch ihr Heer von Sternen
Den Heimweg zeigen ließ die Nacht,
Auf jeden Unfug war bedacht,
Sich aber sträubte, was zu lernen.
Der Vater hieb den Arm sich lahm,
Sah schließlich ein, mit solchem Rangen
Sei nichts Gescheites anzufangen,
Und wurde krank und starb vor Gram.

Der Bursch, nun fünfzehn Jahr' schon alt,
Groß, schlank, fast männlich von Gestalt,
Statt auf die Hosen sich zu setzen
Für seiner Mutter Unterhalt,
Fuhr fort, auf öffentlichen Plätzen
Herumzulungern ohne Ziel
Und seine Tage zu vergeuden
In rohen Müßiggängerfreuden,
In plumpem Spaß und wildem Spiel.

Einst, als er in gewohnter Art

Sich raufte mit der Gassenjugend,
Merkt' er, daß eifrig nach ihm lugend
Ein fremder Mann mit schwarzem Bart
Und afrikanischen Gewändern
Ihm scheinbar im Vorüberschlendern
Sich näherte. Der Fremde blieb
Dicht vor ihm stehn und sprach: "Vergib,
Mein junger Freund, und laß mich wissen:
Wer ist dein Vater?" Aladdin
Versetzte: "Längst schon hat mir ihn
Des Todes rauhe Hand entrissen.
Im Leben hieß er Mustapha."
Die hellen Tränen rollten da
Dem Fremdling über beide Wangen:
"O Glück, daß ich, mein Sohn, dich treffe,"
Sprach er mit zärtlichem Umfangen;
"Du bist ja mein geliebter Neffe.
Dein Vater war mein Bruderherz;
Ich aber bin ununterbrochen
Schon auf der Reise hundert Wochen,
Um ihn zu sehn. Drum hat der Schmerz
Mich bei der Nachricht übermannt
Von seinem traurigen Geschicke;
Hab' ich doch gleich beim ersten Blicke
Dich an der Ähnlichkeit erkannt!"
Drauf hieß er ihn die Mutter grüßen
Und zog ein Beutelchen heraus
Und gab ihm Geld.

       Auf raschen Füßen
Lief Aladdin vergnügt nach Haus,
Um seiner Mutter klipp und klar
Den ganzen Handel zu erzählen.
Die Mutter konnt' ihm nicht verhehlen,
Wie sehr sie drob verwundert war.

Mit rechten Dingen kaum geschah's!
Wo war der Oheim hergekommen,
Da sie doch nie zuvor vernommen
Von einem Bruder Mustaphas?
Doch weil das Gelb gar lustig klang,
Zerbrach sie sich den Kopf nicht lang;
Und abends wollten beide grad
Von ihrem kargen Mahle naschen,
Als jener Mann mit vollen Flaschen
Und Früchten in die Stube trat,
Um selber sich zu Gast zu laden.
Von Rührung überwältigt schier
Blickt' er sich um, als woll' er hier
Von neuem sich in Tränen baden,
Und sagte: "Teure Schwägerin,
Wohl vierzig Jahre flossen hin,
Seit ich dies Heimatland verlassen,
Um in der Fremde Fuß zu fassen
Und dem erträumten Glücke nach
Den halben Erdkreis zu durchstreifen;
Es läßt sich also gut begreifen,
Daß nie mein Bruder von mir sprach.
Nun aber endlich heimgekehrt
Und trostlos, weil an seinem Herd
Ich ihn lebendig nicht mehr finde,
Den sehnsuchtsvoll ich suchte—nun
Will wenigstens ich seinem Kinde,
Was ich vermag, zuliebe tun."

Zu Aladdin gewandt hierbei,
Begann er freundlich ihn zu fragen,
In welchem Handwerk er beschlagen
Und welcher Zunft beflissen sei.
Der Bursche schwieg verlegen still;
Die Mutter aber sprach betrübt:

"Kein Handwerk hat er je geübt,
Weil er durchaus nichts lernen will.
Da hilft kein Warnen und kein Schelten;
Ich glaube wahrlich, daß noch selten
Es einen solchen Faulpelz gab.
Er bringt mich an den Bettelstab,
Und nächstens weis' ich ihm die Türe.
Sein Vater würde sich im Grab
Umdrehn, wenn er davon erführe."

Der Fremdling mahnte drauf den Jungen
In mildem, väterlichem Ton:
"Das ist nicht wohlgetan, mein Sohn;
Doch treibt man etwas nur gezwungen,
Dann wird es einem leicht vergällt.
Berufe gibt es viel auf Erden;
Du mußt nicht grad ein Schneider werden,
Und wenn kein Handwerk dir gefällt,
So will ich gerne mich verpflichten,
Im feinsten städtischen Bazare
Dir einen Laden einzurichten
Mit Linnenzeug, mit Seidenware,
Kostbaren Teppichen und Stoffen,
Sodaß Gewinn und neuer Kauf
Dir Wohlstand bringt. Gesteh' mir offen:
Wie nimmst du diesen Vorschlag auf?"
Der Schlingel, ohne lang' zu schwanken,
Erklärte schmunzelnd sich bereit;
Die Mutter schwamm in Seligkeit,
Hieß ihn sich tausendmal bedanken
Und zweifelte nicht länger dran,
Der unbekannte Biedermann,
Der gleich ein ganzes Warenlager
Dem Sohn zu schenken sich erbot,
Sei niemand anders als ihr Schwager.

Am nächsten Tag ums Morgenrot
Erschien der neue Oheim wieder,
Nahm seinen lieben Neffen mit,
Ging ihm zur Seite Schritt für Schritt
In den Bazaren auf und nieder,
hielt an vor einem Kleiderstand
Und bat ihn, aus dem dichten Schwalle
Sich auszusuchen ein Gewand,
Das ihm besonders gut gefalle.
Freigebig kauft' er ihm dazu
Noch Turban, Gürtel, Strümpfe, Schuh',
Bis von dem Scheitel zu den Zehen
Er einem jungen Prinzen glich.
"Du sollst nun alle Tage mich
Begleiten beim Spazierengehen,"
Sprach sein Beschützer großmutvoll;
"Denn freien Blick und Welterfahrung
Braucht, wer ein Kaufmann werden soll.
Dem Geist wird mühelos die Nahrung
Geboten, deren er bedarf,
Wenn klar das Auge sieht und scharf.
Einsaugen wirst auf unsern Gängen
Die Bildung du wie Luft und Licht
Und läufst bei solchem Unterricht
Niemals Gefahr, dich anzustrengen."

Gesagt, getan. Sie gingen beide
Von jetzt ab täglich durch die Stadt,
Und Aladdin, im neuen Kleide
Stolz wie ein Pfau, ward nimmer satt,
Sich wißbegierig anzusehn,
Was ihm sein guter Oheim zeigte.
Sie wandelten durch weitverzweigte
Gewölbe, Hallen und Moscheen,
Betrachteten die schönsten Läden,

Der Straßen emsiges Gewühl,
Die Brunnen, draus erquickend kühl
Das Wasser schoß in Silberfäden,
Von hohen Palmen überschattet,
Und drangen durch ein Gittertor,
Wo freier Zutritt war gestattet,
zum Prachtpalast des Sultans vor.
Auch pilgerten sie manchen Tag,
Die Glieder doppelt rüstig regend,
Hinaus in die begrünte Gegend,
Bis fern die Stadt im Rücken lag
Und zu den Gärten sie gelangten,
Drin unter üppigem Gerank
Die wundersamsten Blumen prangten,
Umspült von Teichen spiegelblank.

Aladdin im Zaubergarten

2.

Nachdem auf solchen Wanderungen
Manch reizend Fleckchen sich dem Jungen
Erschlossen, führte sein Begleiter
Auf nie zuvor betretnem Pfad
Ihn eines Morgens weit und weiter,
Aufwärts und abwärts, krumm und grad.
Bald war kein menschlich Wesen rings
Und auch kein Haus mehr zu entdecken;
Doch unaufhaltsam weiter ging's.
Schon türmte hinter öden Strecken
Sich des Gebirges steile Mauer;
Das Tal, von Felsen eingezwängt,
Ward allgemach zur Schlucht verengt,
Und endlich, von des Marsches Dauer
Erschöpft, hätt' Aladdin sich gerne
Zur Rückkehr wieder umgewandt;
Sein Oheim aber sprach: "Halt' stand!
Ist unser Ziel doch nicht mehr ferne.
Noch ein paar Schritte durch das Tal—
Was ich sodann dir zeigen werde,
Das wirst auf der gesamten Erde
Du nicht erspähn zum zweitenmal."

So setzten ihren Weg sie fort
Und kamen bis zu einem Ort,
Den riesenhafte Felsenwälle
Allseitig schienen zu verrammeln.

Der Oheim rief: "Wir sind zur Stelle!"
Er hieß ihn trocknes Reisig sammeln,
Schlug Feuer, das bald lustig sprühte,
Warf Räucherwerk aus einer Düte
Hinein und murmelte dann leise,
Sobald sich Qualm und Schwefelduft
Verbreiteten in dichtem Kreise,
Seltsame Formeln in die Luft.

Da gab's ein Krachen und ein Beben,
Als stürzten Erd' und Himmel ein;
zutage trat ein Quaderstein
Und in der Mitte dran, zum Heben,
Ein Ring aus Eisen. Aladdin,
Von Angst geschüttelt, wollte fliehn;
Der Oheim aber hieb sogleich
Ihm einen solchen Backenstreich,
Daß ihm der Kopf geriet ins Wackeln,
Und sprach: "Mein Sohn, ich bin dir jetzt
Als zweiter Vater vorgesetzt;
Kein Sträuben duld' ich und kein Fackeln.
Gehorch' mir, und du wirst erproben,
Wie sehr dir's frommt. An diesem Platz
Liegt ein für dich bestimmter Schatz,
Der, wenn du glücklich ihn gehoben,
Dich reicher macht als alle Reichen
Der ganzen Welt. Den Quaderstein
Darf niemand außer dir allein
Berühren; dir nur wird er weichen."

Aladdins Oheim murmelt eine Zauberformel

Und richtig, als nach bangem Säumen
Der Bursch am Eisenringe zog,
Konnt' er den Stein beiseite räumen,
Obwohl er hundert Zentner wog,
Und er gewahrte drunter Stufen
Nebst einer Tür. "In diesen Schacht
zu steigen bist nur du berufen,"
Begann der Oheim; "drum gib acht
Auf alles, was ich nun dafür
Zu deinem Schutz dir anempfehle.
Geöffnet findest du die Tür;
Sie führt in drei gewölbte Säle.
In jedem stehn vier große Becken

15

Voll Gold und Silber; doch laß ab,
Die Hand nach ihnen auszustrecken.
Schürz' auch dein Kleid und gürt' es knapp;
Denn streift es irgendwo die Wände,
So mußt du deinen Tod erwarten.
An jenes dritten Saales Ende
Wird auftun sich vor dir ein Garten,
Bepflanzt mit Bäumen mannigfalt,
Ein jeder voll mit Frucht behangen.
Geh' nur gradaus, dann wirst du bald
Zu einer Treppe hingelangen;
Ersteige sie getrost: sie mündet
Auf eine stattliche Terrasse;
In einer Nische angezündet
Steht eine Lampe dort. Die fasse,
Verlösch' sie, gieß' die Flüssigkeit
Mitsamt dem Docht heraus, verhülle
Sie sorgsam unter deinem Kleid
Und bring' sie mir. Wenn dich die Fülle
Des Gartens etwa lockt, so pflück'
Auf deinem Weg hierher zurück
Dir von den Früchten nach Belieben.
Und nun, zu deinem eignen Glück
Befolg', was ich dir vorgeschrieben."
Er steckte noch für jeden Fall
Ihm einen Ring an seinen Finger;
Der werde sich als Hilfebringer
Bewähren stets und überall.

So stieg denn Aladdin hinunter;
Die Säle fand er laut Bericht,
Berührte deren Wände nicht,
Kam in den Garten, eilte munter
Hinan die Treppen zur Terrasse,
Sah Nisch' und Lampe dort, verfuhr

Streng nach Geheiß, damit er nur
Vom Auftrag keinen Punkt verpasse,
Und kehrte, nun er unterm Kleide
Die Lampe sicher hielt verwahrt,
Zum Garten um. O Augenweide!
Denn Früchte von verschiedner Art
Trug leuchtend jeder Baum zur Schau,
Teils hell, teils dunkel, weiß und blau,
Rot, gelblich, violett und grün,
Und allesamt in buntem Scheine
Durchsichtig wie von innrem Glühn.
Es waren lauter Edelsteine.
Da flammten, funkelten und brannten
Türkise, Perlen, Diamanten,
Smaragd, Rubin, Saphir, Topas
Von gänzlich beispiellosem Werte.
Doch Aladdin, der unbelehrte,
Hielt sie für nur gefärbtes Glas.
Er hätte lieber von den Zweigen
Sich süße Trauben oder Feigen
Gepflückt; als Spielzeug aber war
Der bunte Tand ganz annehmbar.
Drum nahm er sich von jeder Sorte,
So viel er in die Taschen zwang,
Schritt die drei Säle sacht entlang
Und kam zurück zur Eingangspforte.
Den Oheim, der mit allen Zeichen
Der Ungeduld hier Wache stand,
Bat er, zur Hilf ihm seine Hand
Beim Ausstieg aus dem Schacht zu reichen.
Der aber rief in einem groben
Befehlerton: "Die Lampe her!"
"Du sollst sie haben nach Begehr,"
Sprach Aladdin, "sobald ich oben."
Der Oheim schrie mit steter Steigrung:

"Die Lampe!" Doch voll Eigensinn
Blieb Aladdin bei seiner Weigrung:
"Wart', bitte, bis ich oben bin."
Des Oheims Wut ward ungeheuer;
Schnell goß er Räucherwerk ins Feuer,
Indem er eine Formel schnaubte.
Der Quader klappte drauf im Nu
Dem Aladdin grad überm Haupte
Wie eines Kastens Deckel zu. —

Wer wird aus diesem Oheim klug?
Ein Bruder Mustaphas? Behüte!
Verwandtschaft, Rührung, Herzensgüte
War samt und sonders Lug und Trug.
Ein Zaubrer war's, nicht hier geboren,
Nein, fern in Afrika daheim,
Und hatte diesen Vogelleim
Aus gutem Grund sich auserkoren.
Nachdem er nämlich festgestellt
Durch Hexerei, daß in der Welt
Es eine Wunderlampe gebe,
Die zu der höchsten Macht erhebe,
Ja, Geister fähig sei zu binden,
Hatt' er in einem Zauberbuch
Nach manch vergeblichem Versuch
Den Ort entdeckt, wo sie zu finden,
Und so, von Habgier angefacht,
Flugs auf die Reise sich gemacht.
Doch weil ihm ein Gesetz verwehrte,
Selbst in das Schatzgewölb' zu dringen,
Deswegen war vor allen Dingen
Er einem Werkzeug auf der Fährte,
Das ihm dazu geeignet schien.
Sein Auge fiel auf Aladdin
Als einen unerfahrnen Knaben;

Wenn ihm die Lampe der geschafft,
Dann durch der Zauberformel Kraft
Wollt' er lebendig ihn begraben,
Damit er nichts davon verriete.

Und nun? Gescheitert war der Plan,
Die jahrelange Müh' vertan!
Statt des Gewinnes eine Niete!
Vorzeitig hatte ja sein Zorn
Auf immerdar den Wunderborn
Mitsamt der Lampe zugeriegelt,
Und alle seine Kunst und List
Hätt' ihn kein zweites Mal entsiegelt.
So, mit sich selbst in argem Zwist,
Von Grimm gefoltert und von Scham,
Vermied er's, länger zu verweilen,
Und reiste wieder tausend Meilen
Dahin zurück, woher er kam.

3.

Wer schildert Aladdins Entsetzen,
Als er sich hilflos, wie ein Fink
In eines Vogelfängers Netzen,
Verstrickt sah durch des Zaubrers Wink!
Vergebens, daß er laut und schrille
Nach dem vermeinten Oheim rief;
Mit Bleigewicht bedeckte tief
Ihn Dunkelheit und Grabesstille.
Vergebens, daß ihn Furcht und Schauer
zurück durch die drei Säle trieb;
Der Zugang zu dem Garten blieb
Verschlossen wie durch eine Mauer,
Und nicht imstand, sich zu befrei'n
Aus diesem schrecklichen Gefängnis,
Fing in verzweifelter Bedrängnis
Er an zu weinen und zu Schrei'n,
Bis endlich vor Entkräftung krank
Er auf den Boden niedersank.

So, nicht imstand mehr, sich zu regen,
Lag er entbehrend Speis' und Trank
Und blickte seinem Tod entgegen
Zwei Tage lang. Zuletzt am dritten,
Als er die schwachen Hände hob,
Um Gottes Beistand zu erbitten,
Da—ganz von ungefähr—verschob
An seinem Finger sich der Ring,

Der ihm vom Zaubrer angesteckt war,
Und dessen Kraft ihm noch verdeckt war.
Bevor ein Augenblick verging,
Erhob auf einmal, fürchterlich
Von Wuchs und Antlitz und Gebärde,
Ein Geist sich vor ihm aus der Erde
Und sagte: "Was begehrst du? Sprich!
Dein Sklav' bin ich und aller derer,
Die diesen Ring am Finger tragen."

Zwar fiel vor Schreck und scheuem Zagen
Dem Aladdin das Sprechen schwerer
Als je zuvor; doch nur bedacht
Auf Rettung, gab er schnell dem Geist
Zur Antwort: "Wer du immer seist,
Hilf mir, sofern's in deiner Macht,
Aus diesem schauerlichen Orte!"
Gesprochen waren kaum die Worte,
Da fand er sich bei Tageshelle,
Nachdem er einen Ruck verspürt,
Im Freien wieder an der Stelle,
Wohin der Zaubrer ihn geführt.
Doch zeigte sich kein Quader mehr
Und keine Tür zum Gruftgemäuer;
Nur vom erloschnen Reisigfeuer
Ein Häuflein Asche lag umher.

Zwar froh, jedoch zum Sterben matt
Und halb verhungert, suchte gierig
Er nach dem Heimweg in die Stadt.
Zum Glück war das nicht allzu schwierig.
Die Felsen halfen eng und dicht
Ihm auf den schmalen Pfad gelangen,
Den vor drei Tagen er begangen.
Die Gärten kamen bald in Sicht,

Und weit schon grüßten ihn voraus
Die wohlbekannten Türm' und Dächer.
Er schleppte, schwach und immer schwächer,
Sich bis zu seiner Mutter Haus
Und schlug, sobald er es betreten,
Ohnmächtig in der Stube hin.

Die Mutter, die von Anbeginn
Die Zeit mit Weinen und mit Beten
Verbracht und ihn zuletzt, beraubt
Jedweder Hoffnung, tot geglaubt,
War auf das eifrigste bestrebt,
Ihn wieder zu sich selbst zu bringen;
Er aber sagte, kaum belebt:
"Ach, Mutter, hol' vor allen Dingen
Mir was zu essen her; denn fasten
Mußt' ich drei Tage ganz und gar."
Sie gab ihm, was im Hause war,
Und warnt' ihn, sich zu überhasten,
Denn was man rasch hinunterwürge,
Das könne man nicht gut verdau'n,
Und nur damit er ihr verbürge,
Langsam und ordentlich zu kau'n,
Drum solle, während er bei Tisch,
Ihn keine Frag' und Antwort quälen;
Er mög' ihr eher nichts erzählen,
Als bis er gänzlich satt und frisch.

Er folgte diesem guten Rat,
Indem er so nur Stumm beschäftigt
Dem Leibeswohl Genüge tat.
Dann aber, durch das Mahl gekräftigt,
Beschrieb im kleinen und im großen
Er nach der Reihe ganz genau,
Was ihm inzwischen zugestoßen;

Er wies, als ihm die wackre Frau
Nicht wollte glauben und drauf schwor,
Daß er geträumt, an seinem Finger
Den Ring und zog die bunten Dinger,
Die er vom Baum gepflückt, hervor.
Auch sie, weil nirgends noch dergleichen
Sie je gewahrt und stets verkehrt
Mit armen Leuten, nie mit reichen,
Verkannte völlig deren Wert.
Sie meinte zwar, daß ihr Besitzer
Sich an dem farbigen Geglitzer
Erfreuen könnte; doch dies Lob
Erschien dem Sohne nicht beträchtlich,
Weshalb er sie beinah verächtlich
In irdgendeine Lade schob.
Die mitgebrachte Lampe kam
Nicht besser weg; zu keinem Zwecke
Schien tauglich dieser Trödelkram,
Als um zu rosten in der Ecke.

Zuletzt gestanden sich die Zwei,
Die Schuld an all dem Unheil trage
Des falschen Oheims Schurkerei;
Denn klärlich trat es nun zutage,
Daß Aladdin von diesem Bösen
Geweiht war schnödem Untergang
Und nur durch Zufall ihm gelang,
Sich lebend aus dem Garn zu lösen.
Die Mutter ließ zu Schimpf und Schmach
Des Zaubrers manchen Fluch erschallen;
Doch waren, noch dieweil sie sprach,
Dem Sohn die Augen zugefallen.
Er hatte ja zwei volle Nächte
Vom Schlaf gemieden zugebracht;
Drum heischte der schon vor der Nacht

Heut unbezwinglich seine Rechte.
Halb zog, halb trug mit treuem Sorgen
Die Frau den Taumelnden zu Bett;
Da lag er reglos wie ein Brett
Und schnarchte bis zum späten Morgen.

Kaum aber war er endlich wach,
Als auch sein Hunger wiederkehrte
Und nach dem Frühstück er begehrte.
Doch seufzend rief die Mutter: "Ach,
Ich habe keinen Bissen Brot;
Denn alles, was ich noch besessen,
Das hast du gestern aufgegessen.
Wie helfen wir uns aus der Not?
Ich muß erst wieder näh'n und spinnen,
Bevor ich was verdienen kann."
"Nein, Mutter, sorg' dich nicht," begann
Der Sohn nach einigem Besinnen.
"Für unsern heutigen Bedarf
Genügt's, die Lampe zu verkaufen,
Die gestern ich beiseite warf.
Ich will mit ihr zum Händler laufen;
Der wird gewiß mir einen Groschen
Dafür bezahlen oder zwei."

Die Mutter holte sie herbei
Und sprach: "Ihr Glanz ist längst erloschen;
Auch ist von Staub und Rost und Schmutze
Von oben sie bis unten voll;
Wenn sie der Händler kaufen soll,
Ist's ratsam, daß ich erst sie putze."
So nahm sie Wasser denn und Sand;
Kaum aber hatte sie zu scheuern
Begonnen mit geübter Hand,
Da stieg in einer Ungeheuern

Und grauenhaften Schreckgestalt,
Des Zimmers ganzen Raum erfüllend,
Ein Geist vor ihr herauf, der brüllend
Mit markerschütternder Gewalt
Sie anfuhr: "Was ist dein Begehr?
Um dir zu dienen, komm' ich her.
Gehorchen muß ich jedermann,
Der diese Lampe hält in Händen."
Allein, bevor er Zeit gewann,
Um seine Rede zu vollenden,
Fiel, außerstand, sich zu bemeistern,
Die Mutter um und rang nach Luft.

Das Erscheinen des Geistes

Doch Aladdin, der in der Gruft
Gelernt, wie man mit solchen Geistern
Verfährt, ergriff die Lampe schnell
Und säumte nicht, ihm zu befehlen:
"Ein gutes Frühstück schaff' zur Stell'!"
Der Geist verschwand. Nicht drei zu zählen
Vermochte man, da kam er wieder
Mit einer großen Silberplatte
Und setzte sie behutsam nieder.
Was irgend man zu wünschen hatte,
Das bot sich drauf in Fülle dar:
Zwölf Silberschüsseln, drin ein feines
Und reiches Mahl enthalten war,
Zwei Flaschen voll erlesnen Weines,
Vier Brote von dem besten Mehl,
Kurzum ein Frühstück ohne Fehl.

Die Mutter lag in Ohnmacht noch,
Wie sich der Geist bereits empfohlen,
Und konnt' erst langsam sich erholen,
Indem den würzigen Duft sie roch.
Der Sohn erfaßte sie beim Arm
Und drängte sie, den guten Speisen
Geziemend Ehre zu erweisen;
Denn ewig blieben sie nicht warm.
Sie sprach, verblüfft im höchsten Grade:
"Woher denn dieser Überfluß?
Zeigt uns der Sultan seine Gnade?"
Drauf Aladdin: "Zuerst Genuß,
Erklärungen dann hinterdrein."
Und unbedenklich hieb er ein.
Die Mutter, vor Erstaunen wirr,
Betrachtete bei jeder Pause,
Die stattfand zwischen ihrem Schmause,
Das schöne silberne Geschirr,

Und als die Zwei gesättigt, lag
Noch ganz genug in jeder Schüssel
Für diesen und den nächsten Tag.
Sie fragte wieder nach dem Schlüssel
Zu diesem seltsamen Erlebnis,
Und als der Sohn ihr wahrheitstreu
Geschildert hatte das Begebnis,
Versetzte sie voll banger Scheu:
"Mit Geistern ist nicht gut zu scherzen;
Drum folg' mir, wirf die Lampe fort
Und nimm den Druck von meinem Herzen."
"Nein," rief er, "einen solchen Hort
Soll, wer ihn einmal hat, behüten.
Nun ist, was erst ich nicht begriff,
Mir klar—des falschen Oheims Kniff
Sowie der Grund von seinem Wüten.
Durchaus die Lampe wollt' er haben,
Weil sie versehn mit Wundergaben,
Und jetzt mit Recht gehört sie mir.
Ich will sie bergen zwar und Schützen
Vor unsrer Nachbarn Neid und Gier,
Im Notfall aber sie benützen,
Sie und den Ring an meiner Hand.
Vertrauen darf ich meinem Glücke,
Weil dieses Schurken arge Tücke
Sich so zum Guten hat gewandt."

4.

Einmal geht alles auf die Neige,
Hält man damit auch sparsam Haus,
Und daß der Hunger dauernd schweige,
Bewirkt kein noch so fetter Schmaus.
Die Schüsseln wurden also leer,
Und Aladdin, dem unterm Gurte
Bereits der Magen wieder knurrte,
Nahm von den zwölfen eine her
Und trug in seines Mantels Falten
Sie heimlich, um sie feilzuhalten,
Zum Trödler in der nächsten Gasse;
Doch als der höchst verschmitzte Greis
Die Frage tat, um welchen Preis
Er ihm die Schüssel überlasse,
Gestand ihm Aladdin gar ehrlich,
Wieviel sie wert sei, wiss' er nicht.
Der alte Gauner, der begehrlich
Geprüft ihr stattliches Gewicht
Und merkte, daß der junge Fant
Von seinem Schatze nichts verstand,
Gab ihm, damit nicht vorm Verkauf
Er etwas noch davon erfahre,
Geschwind ein Goldstück für die Ware.
Mit diesem flog in muntrem Lauf,
Des Vorteils froh, der ihm erwuchs,
Der Bursch zum Bäcker und zum Schlächter,
Dieweil ihm jener schlaue Fuchs

Nachsah mit leisem Hohngelächter.

In solcher Art allmählich ließ
Elf Schüsseln, eine nach der andern,
Wenn ihn die Not von neuem stieß,
Nichtsahnend er zum Trödler wandern.
Nun kam ihm bei dem nächsten Fall
Zu Sinn, die Platte loszuschlagen;
Nur konnt' er die nicht selber tragen;
War viel zu schwer doch ihr Metall.
So bat er, weil er noch nicht klüger
Geworden, jenen Schelm ins Haus,
Und schleunig zahlte der Betrüger
Goldstücker zehn dafür ihm aus.

Die zwölfte Schüssel blieb zurück.
Nachdem das schöne Geld zerflossen,
Wollt' er zum Trödler kurz entschlossen
Verschleppen auch dies letzte Stück.
Doch mitten auf dem Wege trat
Ein Goldschmied freundlich ihm entgegen
Und sagte: "Nicht der Neugier wegen
Frag' ich, warum den gleichen Pfad
Ich oft, mein Sohn, dich wandeln sehe.
Hier wohnt ein Trödler in der Nähe;
Hast du mit dem dich eingelassen,
Dann sei gewarnt und sieh dich vor;
Denn jeden haut er übers Ohr.
Ich will mich gern damit befassen,
Zu schätzen, was dir etwa feil,
Und nimmer würdest du betrogen."

Der Bursche hatte mittlerweil
Die Schüssel aus dem Kleid gezogen.
Die sah der Goldschmied ohne Worte
Von allen Seiten lang sich an

Mit Kennerblick und fragte dann,
Ob er schon andre dieser Sorte
Veräußert hab' und für wieviel.
"Ein Goldstück hat er mir gegeben,"
Sprach Aladdin. "Bei meinem Leben,
Der Spitzbub kennt nicht Maß noch Ziel,"
Versetzte jener voll Empörung.
"Mein Sohn, du warst nicht auf der Hut
Und hast in gründlicher Betörung
Verschleudert ein beträchtlich Gut.
Für solche Schüssel sondergleichen
Ein Goldstück! O der Ungebühr!
Denn achtundsechzig will dafür
Ich auf dem Fleck dir überreichen."

Von diesem Tag an war das Darben
Für Sohn und Mutter abgestellt,
Und übermalt mit Rosenfarben
Schien die zuvor so graue Welt.
Wenn ihre Barschaft nicht mehr langte,
Ließ Aladdin der Lampe Geist,
Ob auch der Mutter vor ihm bangte,
Erscheinen und gebot ihm dreist,
Ein neues Frühstück anzurichten;
Pünktlich vollzog der seine Pflichten.
Die Silberschüsseln und die Platten
Bracht' er hierauf, so oft es Zeit war,
Zum Goldschmied hin, der stets bereit war,
Den vollen Preis ihm zu erstatten.
Fortan drum ward es ihnen leicht,
Bequem zu leben und behaglich;
Doch weil es leider niemals fraglich,
Daß Mißgunst hinterm Glücke schleicht
Und man sich hüten muß vor Neidern,
Vermieden sie trotz gutem Trunk

Und gutem Essen jeden Prunk
In ihrem Haus und ihren Kleidern
Und hielten hinter sich'rem Schloß
Dadurch geheim den goldnen Bronnen,
Der ihnen unversiegbar floß.

Vier Jahre waren so verronnen.
Zu einem schmucken jungen Manne
War Aladdin herangereist,
Gerad und schlank wie eine Tanne.
Ein winzig Bärtchen, zart geschweift,
Sproß über seinem Lippenrand,
Und niemand hätte mehr den Lümmel,
Der einst in müßigem Getümmel
Die Zeit vertan, in ihm erkannt.
Sein Blick war jetzt nicht mehr getrübt
Von Trägheit, seine Geisteskräfte
Durch ernsten Umgang eingeübt
Auf die verschiedensten Geschäfte.
Der Menschen Treiben insgesamt,
Ihr Wirken, Trachten, Fürchten, Hoffen
In jedem Handwerk, jedem Amt
Lag wie ein Buch nun vor ihm offen.
Er hatte viel Verkehr gepflegt
In Wechselstuben, Kaufmannsläden
Und sich in seinem Tun und Reden
Ein vornehm Wesen zugelegt.
Jetzt ward ihm auch von selber kund,
Was einst er nicht gewagt zu träumen:
Daß all die Früchte feurig bunt
Von jenes Zaubergartens Bäumen
Kein farbig Glas, wie er gedacht,
Vielmehr die köstlichsten Juwelen.
Er nahm sich aber wohl in acht,
Aus Furcht, man könnt' ihn drum bestehlen,

Es irgend jemand zu erzählen.
Der Mutter selbst verschwieg er's streng.

Durchwandelnd eines Tags die Straßen,
Vernahm er ungewohntermaßen
Ein laut Bumbum und Schnettretteng.
Zum Schall von Pauken und Trompeten
Rief öffentlich ein Herold aus,
Man möge schließen jedes Haus
Und nicht die Straße mehr betreten.
Prinzessin Bedrulbudur nämlich,
Des Sultans Tochter, wolle heute
Zum Bade gehn, und zwar bequemlich
Gesichert vorm Gegaff der Leute.

Weil Neugier doppelt heftig loht,
Wenn ihr begegnet ein Verbot,
Ward alsogleich durch dies Verfahren
In Aladdin der Wunsch erweckt,
Die Sultanstochter unbedeckt
Von ihrem Schleier zu gewahren.
Er schlich deshalb auf leichten Sohlen
Zur Tür des Bades katzenhaft
Und kauerte sodann verstohlen
Sich hinter einer Säule Schaft.
Er hatte noch nicht lang geharrt,
Als schon mit einem großen Staate
Von Frauen die Prinzessin nahte.
Sie nahm, von seiner Gegenwart
Nichts merkend, gänzlich unbefangen
Im Vorraum ihren Schleier ab,
Und Aladdin, drei Schritte knapp
Entfernt, vermochte nach Verlangen
Ihr Antlitz hüllenlos zu schaun.
War auch — die Mutter ausgenommen —

Bisher von unvermummten Frau'n
Ihm keine zu Gesicht gekommen,
So ward mit einem Schlag ihm klar,
Daß diese hier die schönste war.

Aladdin belauscht die Prinzessin

Herab in reicher Lockenflut
Floß ihr kastanienbraunes Haar
Auf ihrer Augen dunkle Glut
Ihr Blick war sittsam und voll Güte,
Die Wangen sanft gerundet, weich
Und rosenrot wie Pfirsichblüte,
Die Lippen zwei Korallen gleich.
Ihr Wuchs und Gang war ohne Tadel,

Und ihre liebliche Gestalt
Verriet in Reizen tausendfalt
Holdseligkeit vereint mit Adel.
Kein Wunder drum, daß Aladdin,
Nachdem die Herrliche verschwunden,
Noch immerdar wie festgebunden
Und wie verzaubert sich erschien.

Obwohl erstarrt zu Stein und Erz
Er sich zu rühren nicht vermochte,
Konnt' er empfinden, wie sein Herz
In seiner Brust vernehmlich pochte.
Sogar als er zuletzt gewaltsam
Sich loszureißen war gewillt,
Verfolgte dennoch unaufhaltsam
Ihn auf dem Weg nach Haus ihr Bild.

Der Mutter war's ein leichtes Ding,
Sein ganz und gar verändert Wesen
Gleich von der Stirn ihm abzulesen.
Sie wunderte sich drob und fing
Ihn auszuforschen an, warum
Er so zerstreut, verstört und stumm;
Ob ihm vielleicht zu Kopf gestiegen
Ein Streit? Ein Ärger? Ein Verdruß?
Doch er, wie eine harte Nuß,
Blieb unzugänglich und verschwiegen.
Auch als am Abend auf den Tisch
Von ihr ein braungebratner Hase
Getragen ward und in die Nase
Der Duft ihm drang verführerisch,
Schob er, der immer seinen Mann
Gestanden sonst als guter Esser,
Hinweg die Gabel und das Messer
Und rührte keinen Bissen an.

Da merkte sie, daß an dem Toren
Heut jedes Mittel war verloren,
Und beide schwiegen um die Wette.
Er träumte wachend, seufzte tief
Und ging zu guter Letzt zu Bette;
Doch fraglich ist es, ob er schlief.

5.

Am Morgen drauf—am Spinnrad schon
Saß die besorgte Frau voll trüber
Gedanken—trat herein ihr Sohn
Und setzte sich ihr gegenüber.
"Ach, Mutter," hob er an, "vergib
Mir nur mein gestriges Betragen;
Verzeih' mir, daß auf deine Fragen
Ich dir die Antwort schuldig blieb.
Doch wenn du mir's mit Recht verübelt,
Heut will ich offen dir gestehn:
Ich kann, so viel ich nachgegrübelt,
Nicht fassen, was mit mir geschehn.
Ich bin nicht krank, und dennoch lieber
Hätt' ich den ärgsten Schmerz gefühlt
Als dieses rätselhafte Fieber,
Das mir im Innern tobt und wühlt.
Mit Namen weiß ich's nicht zu nennen
Und weiß auch nicht, wie man's behebt;
Du aber wirst's gewiß erkennen,
Wenn du vernimmst, was ich erlebt."
Drauf gab er ihr genaue Kunde,
Wie gestern bei dem Badegang
Der Sultanstochter ihm gelang,
Ihr Antlitz aus dem Hintergrunde
Befreit vom Schleier zu erblicken,
Und wie dies Bild seit jener Stunde
Sein herz an unsichtbaren Stricken

Hinziehe zu der schönen Fee.
"Kurzum", so schloß er seine Schildrung,
"Kein Zweifel, für mein tödlich Weh
Gibt's keine Hilfe, keine Mildrung,
Es wäre denn, daß unverweilt
Sie selbst, jawohl, sie selbst mich heilt
Von allen Nöten und Beschwerden;
Gefaßt somit ist mein Entschluß:
Prinzessin Bedrulbudur muß
Auf immerdar die Meine werden!"

Die Mutter, die von ihrem Spinnen
Ablassend eifrig zugehört,
Rief lachend aus: "Bist du von Sinnen?
Ja, bist so völlig du betört?
An solch unmögliches Beginnen
Denkt nur ein ausgemachter Narr."
"Nein, Mutter," sprach er, "nein, du irrst;
Zwar wußt' ich, daß du lachen wirst;
Doch mein Entschluß ist fest und starr.
Und ob du zehnmal sagst, entglitten
Sei mir mein sämtlicher Verstand,
Es bleibt dabei, den Sultan bitten
Will ich um seiner Tochter Hand."

"Mein Sohn," begann die Mutter ernst,
"Damit du recht erwägen lernst,
Wie kindisch deine Reden sind,
Antworte mir: Wer soll es wagen
Ihm diese Bitte vorzutragen?"
"Du selbst!" rief Aladdin geschwind.
"Ich? Gott behüte mich davor!
Schon der Gedanke macht mich beben!
Wie dürftest du dein Aug' erheben
Zu einem Sultanskind empor?

Hast du vergessen, daß ein Schneider
Bescheidnen Rangs dein Vater war,
All deine Ahnen Hungerleider?
Und ist, so frag' ich, nicht sogar
Für unsres Herrschers Schwiegersohn
Ein Prinz noch von zu niedrem Stande,
Falls er in seinem Heimatlande
Nicht Aussicht hat auf einen Thron?"

Sie predigte nur tauben Ohren.
"Nenn's Wahnwitz, nenn' es Eigensinn;
Ich hab' es mir einmal geschworen,
Und nichts erschüttert mich darin.
Solange mich des Himmels Bau
Nicht krachend unter seinen Lasten
Begräbt, werd' ich nicht ruhn und rasten,
Bis die Prinzessin meine Frau.
Ja, wenn du mich nicht elend sterben
Willst sehn bereits am heut'gen Tag,
Dann mußt du, kost' es, was es mag,
In meinem Namen um sie werben."

Ein Herold verkündet das Nahen der Prinzessin

Die Mutter wurde höchst verlegen.
Ihn zum Verzicht auf seinen Plan
Durch Überredung zu bewegen,
Schien hoffnungslos bei solchem Wahn.
Nochmals versuchte sie's mit Güte:
"Gott weiß, daß für mein armes Teil
Ich allezeit mich um dein Heil
Mit meiner ganzen Kraft bemühte.
Für dich vollbrächt' ich schlimmsten Falles
Die schwerste Tat aus eignem Trieb;
Denn wahrlich, ihrem Kind zulieb
Tut eine Mutter freudig alles.
Ja, wenn ein Mädchen dir gefiele,

zu vornehm weder noch zu reich,
Nicht säumen würd' ich, sondern gleich
Dir ebnen deinen Weg zum Ziele,
In deinem Namen um sie frei'n
Und meinen Segen dir verleihn.
Doch nimm nur an von ungefähr,
Daß ich dir deinen Willen täte,
Verwegen vor den Sultan träte
Mit solchem frevelnden Begehr —
Würd' überhaupt ich vorgelassen?
Würd' augenblicklich nach Gebühr
Nicht einer mich beim Arme fassen
Und mich befördern vor die Tür?
Nimm aber an, daß mir's gelänge,
Durch all der Bittenden Gedränge
Dem Sultan selber mich zu nah'n,
Und er, der gnädig ist für jeden,
Wär's auch sein letzter Untertan,
Gestattete mir frei zu reden —
Wie dann begründ' ich dein Gesuch?
Welch ein Verdienst ist dir zu eigen?
Kann ich auf deinen Namen zeigen
In irgendeinem Ehrenbuch?
Kannst du durch eine seltne Leistung,
Durch eine vielgerühmte Kunst
Nachsicht verschaffen der Erdreistung,
zu flehn um diese höchste Gunst?
Und sei noch dessen eingedenk,
Daß man vorm Sultan darf erscheinen
Nicht ohne kostbares Geschenk.
Du selber wirst wohl kaum vermeinen,
Es finde sich in deiner Habe
Ein Kleinod von so hehrem Glanz,
Daß ich es bieten könnt' als Gabe
Dem größten Herrn des Morgenlands."

"Ei, grade wenn ich dies bedenke,"
Versetzte ruhig Aladdin,
"Dann wird mir neuer Mut verliehn.
Ich hätte nichts, was zum Geschenke
Für einen Sultan gut genug?
Entsinn' dich doch der hübschen Sachen,
Die dazumal ich bei mir trug,
Als ich der Höhle finstrem Rachen
Entronnen war mit heiler Haut,
Und die mein Mangel an Erfahrung
Für bunte Gläser angeschaut.
Längst aber ward mir Offenbarung;
Lernt' ich doch von den Juwelieren
Den Unterschied von falsch und echt.
Juwelen sind es, nicht zu schlecht,
Um eine Krone zu verzieren
Durch auserlesne Farb' und Art.
Die werden, kann ich dir versprechen,
Dem Sultan, wenn er sie gewahrt,
Gewaltig in die Augen stechen,
Sodaß er überfließt von Gnade."

Die Zauberfrüchte kurz und gut
Nahm insgesamt er aus der Lade,
Worin bis heute sie geruht,
Und ordnete sie mit Bedacht
In einer schönen alten Vase,
Die seiner Mutter eine Base
Einst zum Geburtstag überbracht.
Ja freilich, von gemeinem Glase
Kam dieses lautre Feuer nicht,
Das nun mit stärkerem Gefunkel
Sie blendete bei Tageslicht
Als in des Abends halbem Dunkel.

Nachdem an dem erhabnen Schimmer
Die beiden lange sich geletzt,
Nahm Aladdin das Wort. "Was jetzt?
Sag', Mutter, zweifelst du noch immer,
Daß mein Geschenk der Sultan schätzt?
Du wirst, so wett' ich, im Palast
Mit dieser Gabe gut empfangen.
Sprich, welchen Einwand du noch hast,
Um mir zu weigern mein Verlangen?"

Zwar konnt' er sie nicht überzeugen;
Doch weil er wild und wilder bat,
So wußte sie sich keinen Rat
Als widerstrebend sich zu beugen.
"Wohlan, mein Sohn, weil du's verlangst,
Will ich das Wagnis auf mich nehmen,
Will trotzend meiner Herzensangst
Mich zu dem schweren Gang bequemen.
Nur gib nicht mir die Schuld, wenn später
Daraus entquillt ein Unglücksborn,
Und wenn uns in gerechtem Zorn
Der Fürst bestraft als Missetäter."
"Warum denn gleich das Ärgste glauben?"
Erwiderte der Sohn ihr heiter.
"Und sollt' er wirklich zürnend schnauben,
Dann hilft gewiß mein Glück mir weiter.
Die Lampe, die nun schon seit Jahren
Auf Wunsch uns üppig tränkt und speist,
Wird mir auch künftig in Gefahren
Als Beistand senden ihren Geist."

So wußt' er überaus gewandt
Auch ihren letzten Widerstand
Mit Gründen aller Art zu brechen,
Und sie erklärte sich bereit,

42

Beim Sultan morgen vorzusprechen,
Wenn's im Bereich der Möglichkeit.

6.

Vor lauter Ungeduld erweckte
Bereits vor Tag, bei Dämmerschein
Der Sohn die Mutter, und sie steckte
Sich in ihr Feierkleid hinein.
Die Vase, bis zum Rand gefüllt
Mit den Juwelen, ward in Linnen
Von ihr behutsam eingehüllt;
Ein feines weißes Tuch für innen,
Ein gröberes als Überzug,
Sodaß, nachdem sie die vier Enden
Verknotet mit geschickten Händen,
Sie das Geschenk als Bündel trug.

Sie machte dergestalt beklommen
Nach dem Palast sich auf den Weg,
Und grad als dort sie angekommen,
Ward aufgetan das Torgeheg'.
Erst ging hinein der Großvezier
Mit andern hohen Würdenträgern,
Lakaien, Reisigen und Jägern;
Dahinter drängten, zahllos schier,
In dichtem Schwarm sich all die Leute,
Die bei des Herrschers Diwan heute
Drauf rechneten, der Huld von oben
Abzugewinnen einen Strahl.
So, gehend halb und halb geschoben,
Kam sie zum weiten, lichten Saal,
Worin der Diwan ward gehalten.
Dort saß der Sultan in Person,
Umwogt von seines Purpurs Falten,

Ihr gegenüber auf dem Thron,
Der Großvezier an seiner Seite,
Sodann, gewärtig seines Winks,
Ein äußerst stattliches Geleite
Von Staatsbeamten rechts und links.

Wer nun der Reihe nach gerufen
Herantrat an des Thrones Stufen,
Der legte seine Bittschrift nieder,
Sprach zur Begründung einen Satz,
Erhielt Bescheid und mußt' hinwieder
Dem Nächsten räumen seinen Platz.
Die Mutter war noch lang' nicht dran;
Doch ehe sie sich recht besann,
Verstrich des Diwans kurze Stunde.
Der Fürst stand auf, entließ die Zahl
Der Harrenden und schritt im Bunde
Mit seinem Hofstaat aus dem Saal.
Der Schwarm verlief sich, und sie ging,
Da weiteres Bemühn vergeblich,
Nach Haus, wo sie der Sohn erheblich
Enttäuscht und mißgestimmt empfing.
Sein Unmut blieb ihr nicht verborgen;
Doch fühlte sie sich frei von Schuld,
Ermahnte sanft ihn zur Geduld
Und gab ihr Wort, sie werde morgen
Von neuem hingehn. — Welche Qual!
Der arme Junge saß auf Kohlen.
Denn fruchtlos mußte siebenmal
Sie den Versuch noch wiederholen,
Stets mit dem nämlichen Verlauf:
Sie kam und sah den Sultan thronen,
Recht sprechen, warnen und belohnen,
Und immer wieder brach er auf,
Bevor an ihr die Reihe war.

So hätte dort wohl unabwendlich
Sie Tag für Tag ein volles Jahr
Gewartet, wäre sie nicht endlich
Dem Blick des Herrschers aufgefallen,
Weil ohne Bittschrift in der Hand
Sie stets als hinterste von allen
Dem Thron grad gegenüberstand.

Drum, als der Diwan war beendet
Am siebten Tag und er sich eben
In sein Gemach zurückbegeben,
Sprach er zum Großvezier gewendet:
"Geraume Zeit bemerk' ich schon,
Wie täglich, wenn ich Sitzung halte,
Sich gegenüber meinem Thron
Erwartend aufstellt eine Alte.
Sie trägt was in ein Tuch geschlagen
Und steht so bis zum Schlusse still.
Kannst du mir künden, was sie will?"
"Vermutlich will sie sich beklagen,"
Erwiderte der Großvezier.
"Du weißt ja, Herr, wie häufig Frauen
Ein unbedeutend Leid vor dir
Mit großem Wortschwall wiederkauen.
Vielleicht hat man zu wenig Mehl
Ihr auf dem Markte zugewogen,
Vielleicht beim Wechseln sie betrogen."
Der Sultan gab ihm drauf Befehl,
Sie nächstesmal ihm vorzuführen.

Und richtig, tags darauf, sofort
Nachdem man aufgetan die Türen,
Stand sie beharrlich wieder dort.
Der Sultan winkte vor Beginn
Der Sitzung, als er sie erblickte,

Dem Großvezier, und dieser nickte
Zum Obersten der Wache hin.
Der gab der Mutter flugs ein Zeichen,
Mit ihm zu gehn, gebot sodann
Den Vorderen, vor ihr zu weichen,
Und brachte sie zum Thron heran.
Dort warf sie sich —weil dies gebührend
Ihr schien nach allgemeinem Brauch—
Vorm Sultan nieder auf den Bauch,
Den Boden mit der Stirn berührend.
Doch er befahl ihr aufzustehn
Und sagte: "Gute Frau, tagtäglich
Hab' ich seither dich unbeweglich
Dort nah dem Eingang harren sehn.
Was ist es, sprich, das du begehrst?"

Sie warf sich nochmals nieder erst
Und hauchte, vor Erregung heiser:
"Bevor, erhabner Herr und Kaiser,
Den Anlaß du von mir erfährt,
Der mich bewog zu diesem Schritte,
Vernimm die demutsvolle Bitte,
Daß mein unglaubliches Verlangen
Du gnädig im voraus verzeihst;
Denn ich vergehe fast vor Bangen.
Erscheint ja doch mein Unterfangen
Sogar mir selber allzu dreist."

Der Sultan, um ihr Mut zu machen,
Ließ augenblicks den ganzen Hauf
Des Volks entfernen durch die Wachen
Und forderte den Hofstaat auf,
Ihn mit der Frau allein zu lassen;
zurück blieb nur der Großvezier.
"Du darfst", so sprach er dann zu ihr,

"Nunmehr getrost ein Herz dir fassen.
Was immer dein Begehren sei,
Dir ist's vorweg, mein Wort zum Pfande,
Vergeben. Also rede frei!"

Da lösten sich die Zungenbande
Der Mutter. Ohne weitere Scheu
Berichtete sie wahrheitstreu,
Durch welch geheimes Abenteuer
Sich seiner Tochter Aladdin,
Ihr Sohn, genaht; wie heftig ihn
Seitdem verzehre wildes Feuer;
Wie redlich sie sich unterdessen
Ihn abzukühlen angestrengt,
Doch wie von Leidenschaft besessen
Er sie zu diesem Gang gedrängt.
Nur seiner Drohung, daß er sterbe,
Wenn nicht um deren Hand sie werbe,
Die doch fürwahr, mit ihm verglichen,
Nicht minder unerreichbar fern
Als an dem Firmament ein Stern,
Sei schließlich zögernd sie gewichen.

Der Sultan, keineswegs empört
Noch spöttisch, äußerte die Frage,
Nachdem er ruhig zugehört,
Was in dem Tuch verhüllt sie trage.
Sogleich entnahm sie wunschgemäß
Dem Bündel das Geschenk des Sohnes
Und stellte vor den Fuß des Thrones
Das vollbeladene Gefäß.
Der Herrscher, von dem bunten Scheine
Geblendet, wähnte sich im Traum
Und traute seinen Augen kaum
Beim Anblick all der Edelsteine,

So groß und prächtig, wie noch keine
Zeit seines Lebens er geschaut,
Und in Betrachtung ganz versunken
Saß er ein Weilchen ohne Laut.
Dann aber rief er freudetrunken:
"Wie schön! Wie köstlich! Wie vollendet!",
Nahm jeden einzeln in die Hand
Und sprach, zum Großvezier gewendet:
"Sag', ob in meinem ganzen Land
In allen Ländern dieser Erde
Man je was gleich Vollkommnes fand?"
Mit beifallspendender Gebärde
Gab dies der Großvezier ihm zu,
Worauf er fortfuhr: "Möchtest du
Behaupten, daß ich einen Mann,
Der solcherlei vermag zu schenken,
Nicht, ohne lang' mich zu bedenken,
zum Schwiegersohn erwählen kann?"

Der Großvezier war sehr betroffen
Von diesem Wort. Seit Jahren schon
Ließ nämlich ihn der Sultan hoffen,
Er werde seinen eignen Sohn
Mit der Prinzessin einst vermählen.
Er sagte drum ins Ohr ihm leise:
"Ja, Herr, ich kann es nicht verhehlen,
Daß dies Geschenk von höchstem Preise
Der Sultanstochter würdig ist;
Doch gönne mir drei Monat Frist.
Mein Sohn, den vormals du zum Gatten
Ihr zu bestimmen hast beehrt,
Stellt sicher dies Geschenk in Schatten
Durch eins von doppelt reichem Wert."

Das schien dem Sultan eine Flause;

Doch gab er seiner Bitte nach,
Weil er sein Günstling war, und sprach
Zur Mutter freundlich: "Geh' nach Hause
Zu deinem Sohn und meld' ihm dies:
Den Antrag, den er stellte, wies
Ich nicht zurück; drei Monat sind
Vonnöten aber, eh' zum Gatten
Ich jemand gebe meinem Kind,
Um sie geziemend auszustatten.
Nach Ablauf dieser Zeit komm wieder."

Die Mutter ging nach Haus zurück,
Und diesmal bebten ihre Glieder
Nicht vor Verzagtheit, nein, vor Glück.

7.

Wer könnte wohl in Worte fassen,
Wie selig unser junger Held,
Nachdem die Mutter ihm bestellt,
Was ihm der Sultan melden lassen!
O Wonne, daß nach langem Dürsten,
Nach vielen Nächten ohne Schlaf
Die Botschaft aus dem Mund des Fürsten
Sein kühnstes Hoffen übertraf!
Er tanzte rund herum im Zimmer,
Schwor in den feurigsten Ergüssen
Der Mutter Dankbarkeit auf immer
Und überhäufte sie mit Küssen.
Drei volle Monat waren freilich
Als vorgeschriebne Wartezeit
Für seine Sehnsucht endlos weit.
Es war darum gewiß verzeihlich,
Daß ihn des Ziels Erwartung quälte
Und er beständig nach der Uhr
Nicht Wochen, Tage, Stunden nur,
Vielmehr auch die Minuten zählte. —
Zwei Monat waren abgelaufen,
Als eines Morgens ahnungslos
Die Mutter sich, um was zu kaufen,
Zum Markt begab. Ein laut Getos'
Der Fröhlichkeit scholl ihr entgegen,
Als wär' ein Fest herangerückt;
Mit Blumenkränzen allerwegen

Ward eilig Haus für Haus geschmückt,
Und Lämpchen wurden hundertfach
Hinaufgereicht auf hohe Leitern
Für Prachtbeleuchtung auf dem Dach.
Die Straßen wimmelten von Reitern
Auf edlen, reichgezierten Pferden,
Und alt und jung war aufgeputzt.
Die Mutter, ganz und gar verdutzt,
Vermochte draus nicht klug zu werden.
Sie fragte drum den ersten besten,
Weshalb denn heute jedermann
Sich rüste wie zu großen Festen.
Der gab zur Antwort: "Schau mal an,
Das weißt du nicht? Ei, das erzählt sich
Ja doch die ganze Stadt erfreut;
Dem Sohn des Großveziers vermählt sich
Prinzessin Bedrulbudur heut."

Die Gute flog bestürzt nach Haus
Und rief dem Sohn, der sich zur Stelle
Befand, entgegen auf der Schwelle:
"Ach, Ärmster, nun ist alles aus!
Den Sultan hat sein Wort gereut;
Denn im Palast ist Hochzeit heut.
Dort wird mit feierlichem Prunke
Der Sohn des Großveziers getraut,
Und die Prinzessin ist die Braut."

Als ob des Blitzes jäher Funke
Durchzucke seines Lebens Mark,
Empfand sich Aladdin zerschmettert,
Blieb standhaft aber doch und stark;
Und als verzweifelnd er durchblättert
Seite für Seite sein Gedächtnis
Nach Mitteln gegen diese Pein,

Fiel ihm des falschen Freunds Vermächtnis,
Die Wunderlampe, wieder ein.
Zur Mutter sprach er drauf entschieden:
"Der Hochzeit setz' ich einen Damm!
Laß schaun, wer heute mehr zufrieden,
Ich oder dieser Bräutigam."

Er tat, was ihm bereits geläufig:
In seine Kammer eingeschlossen
Rieb er die Lampe, wie schon häufig,
Und aus dem Boden aufgeschossen
Erschien der Geist gleich einem Riesen,
Ihn fragend: "Was ist dein Geheiß?"
Drauf Aladdin: "Du hast mit Fleiß
Mir öfters dienstbar dich erwiesen
Bei Wünschen, die gering und nichtig.
Das Werk jedoch, das ich dir nun
Befehlen will für mich zu tun,
Ist über alle Maßen wichtig.
Du sollst mir meine Qualen lindern
Und drum als unsichtbarer Gast
Die Hochzeit, die heut im Palast
Gefeiert werden soll, verhindern.
Begib dich hin, vom Wind getragen,
Ergreif' den Bräutigam beim Kragen,
Entführ' in ein Versteck ihn, sperr'
Dort fest ihn ein und laß verborgen
Ihn schmachten bis zum nächsten Morgen."
Der Geist versetzte fügsam: "Herr,
Wie du befiehlst," und war verschwunden.

Am Hofe ward mit aller Kraft
Inzwischen seit den frühsten Stunden
Für die Vermählung vorgeschafft.
Mit einem wahrhaft beispiellosen

Und noch nicht dagewesnen Glanz
War der Palast verwandelt ganz
In einen duft'gen Hain voll Rosen.
Die Tafel funkelte von Gold;
Prunkteppiche von schwerster Seide
Bedeckten sorgsam aufgerollt
Zu wundersamer Augenweide
Den Marmorboden und die Treppe,
Und rings mit Perlenschmuck beschwert
Wog der Prinzessin Hochzeitsschleppe
Drei Fürstentümer auf an Wert.

Der ganze Hofstaat war beisammen
Nebst Sendlingen aus aller Welt;
Den angefachten Opferflammen
Entstieg der Rauch zum Himmelszelt.
Grad sollte die Vermählungsfeier
Beginnen; Festmusik erscholl;
Schon trat herein in ihrem Schleier
Die Sultanstochter anmutsvoll
An ihres hohen Vaters Arm,
Und in der Würdenträger Schwarm
Schritt ihr entgegen ihr Verlobter —
Da plötzlich Nacht und wieder Licht;
Der Geist erfüllte mit erprobter
Vollendung seine Dienerpflicht.
Man sah sich an, man sah sich um,
Die Augen starr, die Mienen dumm:
Was war geschehn? Der Bräutigam
Stand nicht mehr dort, wo er gestanden
Grad eben, sondern war abhanden,
Wie fortgewischt von einem Schwamm.
Man forschte, spähte; doch vergebens.
Der Großvezier, der schon geglaubt,
Er sei am Ziele seines Strebens,

Schien vor Erregung sinnberaubt.
Der Hofstaat mit betäubtem Hirne
Begann zu tuscheln, dicht geschart;
Der Sultan runzelte die Stirne
Und brummte was in seinen Bart.
Die Gäste ratlos und befangen,
Verkrümelten sich allgemach,
Und über der Prinzessin Wangen
Herunter floß ein Tränenbach.

Die Feierstimmung war verraucht,
Verwandelt alle Lust in Wehe.
Denn da zum Abschluß einer Ehe
Den Bräutigam man dringend braucht,
So blieb am Ende keine Wahl,
Als die Vermählung zu verschieben
Samt Freudenfest und Hochzeitsmahl,
Bis man ihn wieder aufgetrieben.
Der Sultan flößte seiner Tochter
Gar zärtlich Tröstung ein und Mut;
Allein mit Mühe nur vermocht' er
Zu stillen ihrer Augen Flut,
Obwohl weit mehr verletzte Scham
Und schwergekränkter Stolz die Quelle
Der Tränen war als Herzensgram.

Am nächsten Morgen aber kam
Der Großvezier in höchster Schnelle
Zum Sultan, der halb ungeduldig,
Halb mürrisch ihm entgegensah,
Und rief: "Mein Sohn ist wieder da!
Er ist, o glaub' mir, weder schuldig,
Noch weiß er selbst, was ihm geschah.
Gebiete drum, daß man die Feier
Heut rüsten soll zum zweitenmal,

Und gib dadurch zurück dem Freier,
Was ihm ein Unstern gestern stahl."
Hierzu, wenngleich das Fest verpfuscht
Ihm vorkam, war der Fürst erbötig;
Denn für sein Ansehn schien ihm nötig,
Daß alles möglichst ward vertuscht.
Die Hauptstadt wurde von Trompeten
Und Pauken abermals durchlärmt,
Das Hochzeitsessen aufgewärmt
Und alle Gäste neu gebeten.

Als Aladdin, dem keine Spur
Von sämtlichen Begebenheiten
Entgangen war, davon erfuhr,
Beschloß er, herzhaft fortzuschreiten
Auf seinem Pfade bis zum Sieg.
Den Geist beschwor er drum von neuem,
Und als dem Boden er entstieg,
Sprach er zu ihm: "Du hast mit treuem
Gehorsam, was ich dir befohlen,
Genau vollbracht. Dieselbe Not
zwingt mich indessen, mein Gebot
Von gestern dir zu wiederholen.
Den Sohn des Großveziers entführe
Heut abermals in gleicher Art,
Und hinter fest verschlossner Türe
Halt' ihn bis morgen früh verwahrt!"

Der Geist entfernte sich, die Tat
Alsbald wie tags zuvor verrichtend;
Nur diesmal in noch stärkrem Grad
Als gestern wirkte sie vernichtend.
Im feierlichsten Augenblick
Verschwand urplötzlich aus dem Saale
Durch ein unfaßliches Geschick

Der Bräutigam zum zweiten Male.
Vom ganzen Hof und hohen Adel
Ward er gesucht wie eine Nadel.
In alle Winkel ward geguckt,
Gestöbert ward in allen Ecken;
Er war so wenig zu entdecken,
Als ob der Boden ihn geschluckt.
Hiermit begann ein Trauerspiel:
Prinzessin Bedrulbudur raufte
Die schönen Haare sich und fiel
Bewußtlos hin; der Sultan schnaufte
Vor Ingrimm wie ein wildes Tier;
Der unglückselige Großvezier
Wand sich in Krämpfen wie ein Wurm,
Die Augen rollend rings im Kreise;
Die Gäste flohen gruppenweise,
Wie eine Herde vor dem Sturm,
Und seufzend sprach der Oberkoch
In tiefem, hoffnungslosem Härmen
Zum Küchenjungen: "Einmal noch
Kann ich den Hochzeitsschmaus nicht wärmen."

8.

Der Großvezier fand keinen Schlummer
In dieser Nacht. Am andern Tag
Bei Sonnenaufgang, als vor Kummer
Halb krank er noch im Bette lag,
Trat aschenfahl und übernächtig
Sein Sohn herein. Der Vater schrie,
Vor Jähzorn seiner nicht mehr mächtig:
"Hinweg mit dir, und laß dich nie
Mehr sehn!" Da fiel er auf die Knie:
"Mein Vater, schein' ich so verdächtig,
Daß du Gehör mir weigern willst?
Wenn dir bekannt, was unverschuldet
Ich heut und gestern nacht erduldet,
So wett' ich, daß dein Groll zerschmilzt.
Ich wurde beidemal gepackt
Von unsichtbaren Fäusten, stärker
Als Menschenhand, und eingesackt
In einen engen, finstren Kerker,
Zu schmal, um nieder mich zu legen,
Ja, selbst um aufrecht mich zu regen;
Die Tür von außen fest verrammelt
Und alles Rütteln ohne Zweck!
So kauert' ich, noch kaum gesammelt
Vom ersten fürchterlichen Schreck,
Erneuter Hexerei gewärtig,
Gefaßt auf meinen Untergang
Und mit dem Erdendasein fertig,

Wer weiß, wieviele Stunden lang,
Bis endlich beidemal die Tür
Von selber aufsprang. Aber gäbe
Man tausend Bräute mir dafür,
Ich möchte nicht, solang' ich lebe,
Dies noch ein drittes Mal erleiden.
So sehr mir die Prinzessin teuer,
Ich will sie lieber dauernd meiden,
Als dem geheimen Ungeheuer
Zum Spielball dienen unbeschränkt.
Ich glaube, Bedrulbudur denkt
Hierin nicht anders, und sie kann,
Auch wenn sie liebenswert mich findet,
Nicht recht vertrauen einem Mann,
Der unfreiwillig stets verschwindet.
Drum wünsch' ich, ob du gleich dem bösen
Verhängnis nicht mit Unrecht grollst,
Daß du den Sultan bitten sollst,
Er möge die Verlobung lösen."

Der Großvezier erkannte klar,
Wenn auch im Innersten bekümmert:
Sein Lieblingsplan von manchem Jahr
Lag rettungslos vor ihm zertrümmert,
Sodaß, wie nun die Sache stand,
Statt auf ein Wunder noch zu harren,
Er selber den verfahrnen Karren
Am besten stecken ließ im Sand.
Er trug dem Sultan untertänig
Drum seines Sohnes Bitte vor
Und fand ein sehr geneigtes Ohr.
Der Herrscher freute sich nicht wenig,
Als unverhofft er sie vernahm,
Daß dem Entschluß, den er im stillen
Gefaßt um seiner Tochter willen,

Ihr Bräutigam entgegenkam.

Mit Windeseile flog die Kunde
Von der Entlobung durch die Stadt,
War tagelang in aller Munde;
Doch schließlich schwatzte man sich satt.
Es wußte ja vom wahren Grunde
Nur Aladdin allein Bescheid,
Und da nunmehr sein Weizen blühte,
Nahm mit beruhigtem Gemüte
Zum nächsten Schachzug er sich Zeit.

Erst als ein Monat noch entwichen
Und so, wie vorbestimmt, verstrichen
Die ganze Frist von dreien, sandte
Von neuem er die Mutter fort
Zum Sultan, der sie gleich erkannte
Und sich an sein gegebnes Wort
Erinnerte. Mit freiem Mute
Bat sie den Fürsten auf den Knien,
Gewähren mög' er Aladdin,
Was zu versprechen er geruhte,
Da die bedungne Frist vorbei.

Dem Sultan war die Mahnung peinlich.
Er hatte ja für unwahrscheinlich
Gehalten, daß die Schwärmerei
Des jungen Manns nach so viel Wochen
Noch immer nicht erloschen sei;
Denn was er unbedacht versprochen,
War niemals ernst gemeint gewesen.
Konnt' er zum Gatten seines Kinds
Wohl einen Schwiegersohn erlesen,
Der nicht geboren war als Prinz?
Und doch vor offener Verneinung
Sich scheuend, zog im Widerstreit

Er seinen Großvezier beiseit
Und fragte leis nach dessen Meinung.
"Herr," sagte jener gleichfalls leis,
"Wenn du dein Wort nicht willst verletzen,
Genügt es, einen solchen Preis
Für die Prinzessin festzusetzen,
Daß, wenn des Werbers Überfluß
An Geld und Gut auch ohnegleichen,
Trotz allem er die Segel streichen
Und voll Beschämung abziehn muß."

Der Ratschlag schien dem Sultan schlau;
Deshalb sich zu der Mutter eilig
Umwendend sprach er: "Gute Frau,
Ich gab mein Wort und halt' es heilig.
Dein Sohn soll keinen Hindernissen
Begegnen; aber um zu wissen,
Was er zur Morgengabe beut,
Und ob er wirklich zur Erringung
Der hohen Braut kein Opfer scheut,
Mach' ich ihm eines zur Bedingung:
Ich fordre, daß er vierzig Becken
Von schwerstem Gold mir schicken soll,
Die sämtlich bis zum Rande voll
Von herrlichen Juwelen stecken,
Den damals mir geschenkten gleich,
Die jeden Stein im ganzen Reich
Weitaus an Schönheit übertrafen,
Hertragen sollen diese Fracht
Auf Häupten vierzig schwarze Sklaven
In reicher, auserlesner Tracht,
Geführt von vierzig jungen weißen,
Die noch verschwenderischer gleißen.
Dies die Bedingung. Wird genau
Von ihm bestanden diese Probe,

Dann—höre, daß ich's laut gelobe—
Wird meine Tochter seine Frau."

Die Mutter schritt bedenklich heim,
Jedoch gelabt vom Hoffnungsschimmer,
Des Herrschers Fordrung werd' auf immer
In ihrem Sohne jeden Keim
Des närrischen Begehrs ersticken.
Doch als von diesem Trost beseelt
Sie klipp und klar ihm aufgezählt,
Was er dem Sultan solle schicken,
Und sicher dachte, daß erschrocken
Er sich bequeme zum Verzicht,
Rief er mit strahlendem Gesicht
Und überschäumendem Frohlocken:
"Nichts weiter? Ei, der Sultan irrt
Im Glauben, daß durch die Bedingung
Er mich ins Bockshorn jagen wird.
Wähnt er, mir fehle zur Bezwingung
Solch eines Probestücks die Macht?
Ich könnt' ihm noch ganz andre Launen
Befriedigen. Er soll erstaunen,
Und du nicht minder. Gib nur acht!"

Er ging in seine Kammer, rieb
Die Lampe, bis der Geist erschienen,
Der unterwürfig ihm zu dienen
Wie stets bereit war. Er beschrieb
Des Herrschers Anspruch ihm ausführlich
Und fragte dann, ob er dies all
Ihm schaffen könne Knall und Fall.
Der Geist erwiderte: "Natürlich."
"Wohlan," sprach Aladdin, "so eile,
Damit ich flugs den ganzen Tand
Ihm senden kann."

                    Der Geist entschwand
Und kam nach nicht viel größrer Weile,
Als während man die Augenlider
Zuschließt und öffnet, wie geheißen
Mit vierzig schwarzen Sklaven wieder,
Sowie mit vierzig jungen weißen,
Sodaß der umfangreiche Zug
Sich auf die Straße mußt' erstrecken,
Weil Haus und Hof nicht weit genug.
Ein jeder von den schwarzen trug
Auf seinem Haupt ein goldnes Becken,
Und jedes Becken wies in Fülle
Demanten, Perlen und Berylle,
Smaragd, Saphir, Topas, Rubin
Von höchstem Reiz des Farbenspieles
Und überlegen noch um vieles
Den Früchten, die sich Aladdin
Im Zaubergarten einst gepflückt.
Nachdem das Werk soweit geglückt,
Rief er die Mutter, die mit starren,
Weit aufgerissnen Augen gaffte.
"Schau," sprach er, "muß der Sultan harren?
Gesteh', daß ich zur Stelle schaffte,
Was er vorhin sich ausbedang!
Jetzt aber zögere nicht lang
Und bringe meine Morgengabe
Geradeswegs in den Palast,
Damit an meiner großen Hast
Er merkt, wie sehr ich Sehnsucht habe,
Mein Herz nach so viel Sturmgebraus
Zu steuern in der Ehe Hafen."

Die Mutter schritt somit voraus
Dem wundersamen Zug der Sklaven.
Das gab ein Aufsehn! Jedem Haus

Entströmten gierige Beschauer,
So daß in Kürze jung und alt
Zu einer dichten Menschenmauer
Auf allen Straßen stand geballt.
Was irgend Beine hatte, lief,
Was irgend Lungen hatte, rief
Mit Stimmen, gellend wie Posaunen,
Man möge kommen, sehn und staunen.
Einmütig wurde die Verkündung
Des Urteils allerorten laut,
Daß in der Stadt seit ihrer Gründung
Man solchen Aufwand nie geschaut,
Nie Sklaven edler von Gestalt,
Von Wuchs und Haltung angetroffen,
So bunt geschmückt, so mannigfalt
Bekleidet mit den feinsten Stoffen.
In schöner Ordnung—denn zur Seite
Den schwarzen Beckenträgern war
Jeweils ein weißer als Geleite—
Hinwandelten sie Paar für Paar.
Dazu der Edelsteine Glänzen,
Der vierzigfache Spiegelschein
Des lautren Goldes—allgemein
War die Begeistrung ohne Grenzen.

9.

Die Nachricht war gleich einem Blitze
Gedrungen an der Pförtner Ohr,
Eh' des Palastes offnem Tor
Sich näherte des Zuges Spitze.
Sie sahn den schmucken Vordermann
Der achtzig Sklaven mit Verbeugung
Für einen fremden König an
Und wollten drum zur Ehrbezeugung
Ihm küssen seines Kleides Saum.
Doch der erwiderte: "Gebt Raum
Und bückt euch lieber vor dem Rechten.
Ich bin nur einer von den Knechten
In unsres großen Herren Sold."
So stieg der Zug hinan die Treppen;
Die Schwarzen hatten arg zu schleppen
An ihrer schweren Last von Gold,
Und von den weißen angeleitet
Betraten sie den lichten Saal
Des Diwans. Längst schon vorbereitet
Und überaus gespannt befahl
Der Sultan, daß man ihnen Platz
Gewähre. Kunstgerechterweise
Vor ihm gereiht in halbem Kreise
Beeilten sie sich, ihren Schatz
Am Fuß des Thrones aufzustellen,
Worauf nach wohlversehnem Amt
Sowohl die Dunklen als die Hellen

Sich niederwarfen insgesamt.

Die gestörte Hochzeitsfeier

Die Mutter nahte nun dem Thron
Und sprach mit vielen Huldigungen:
"Hier sendet Aladdin, mein Sohn,
Erhabner, was du dir bedungen.
Er hofft, es werde dir gefallen
Und der Prinzessin ebenfalls."
Der Sultan, kaum ein Wort zu lallen
Imstande, mit gerecktem Hals
Und überzeugt, ihn wolle necken
Ein Trug der Sinne, blickte bald
Verwundert auf die vierzig Becken

Mit ihrem funkelnden Gehalt
Von größrem Wert als ganze Länder,
Bald auf die fürstlichen Gewänder
Der achtzig wohlgestalten Sklaven
Und sagte laut zum Großvezier:
"Fürwahr, der Himmel soll mich strafen
Wenn ein Geschenk wie dieses hier
Je Sultanstöchtern ward geboten!"
"So ist es," stimmte jener bei,
zumal er einsah, daß der Knoten
Nicht anders mehr zu lösen sei.
Wie hätte noch der Fürst sein Wort
Zurückziehn können als Empfänger
Von solchem beispiellosen Hort?
Er fragte jetzt sogar nicht länger
Nach des Bewerbers Rang und Stand
Und allen andern Eigenschaften;
Für jeden Vorzug konnt' als Pfand
Sein ungeheurer Reichtum haften.
"Geh'," sprach er drum in mildem Ton
Zur Mutter, "meld' ihm, daß mit warmen
Gefühlen ich und offnen Armen
Ihn grüßen will als Schwiegersohn."

So waren jetzt nach hartem Ringen
Die Schwierigkeiten weggeräumt;
Sie selber durft' ihm Kunde bringen,
Daß alles, was er sich erträumt,
Was für unmöglich ihr gegolten,
Was als Verrücktheit sie gescholten,
Und was ihm ihre Zweifelsucht
Verargt als frevelhaft verstiegen,
Ihm jetzt als eine reife Frucht
Bereit war in den Schoß zu fliegen.

Er aber, wenn auch überschwenglich
Beglückt, ließ keine Zeit entfliehn,
Um das zu tun, was unumgänglich
Ihm zu des Werkes Krönung schien.
Er hieß den Geist von neuem kommen
Und sprach, als dieser schnell genaht:
"Bereite mir sofort ein Bad
Und bring', nachdem ich es genommen,
Mir ein Gewand, so reich und prachtvoll,
Wie sonst es nur ein König trägt."
Er fühlte drauf alsbald sich machtvoll
Erfaßt und durch die Luft bewegt.
Ein schöner Raum, an allen Wänden
Mit buntem Marmor ausgelegt,
Empfing ihn; dort bedient, gepflegt
Von zarten, unsichtbaren Händen,
Nahm er das Bad in einer lauen,
Von Wohlgeruch erfüllten Flut.
Sodann, erquickt und ausgeruht,
Konnt' er in einem Spiegel schauen,
Daß er zu seinem Vorteil ganz
Verwandelt, schöner war und schmucker.
Statt des bisherigen Gewands,
Das immer noch den armen Schlucker
Verraten hatte, fand er Kleider,
So prächtig, so mit Gold bestickt,
Daß jeder Prinz und Fürst als Neider
Nach ihnen hätte hingeblickt.

Sobald er fertig angezogen,
Erschien der Geist auf seinen Wink,
Und er gebot ihm: "Zeig' dich flink!
Ich habe mittlerweil erwogen,
Was mir noch fehlt. Ein edles Roß
Verlang' ich, das an Schönheit alle

Verdunkelt in des Sultans Stalle;
Zu diesem ferner einen Troß
Von Sklaven, jenen gleich zu achten
An Kleiderprunk und Stattlichkeit,
Die mein Geschenk dem Sultan brachten;
Acht Sklavinnen dann zum Geleit
Für meine Mutter, deren jede
Ihr ein so köstliches Gewand
Soll bringen, daß im ganzen Land
Bald von nichts andrem mehr die Rede.
Auch einen Beutel mit zehntausend
Goldstücken brauch' ich noch. Nur schnell
Ans Werk!"

       Der Geist entschwebte sausend,
Und alles war im Nu zur Stell'.
Den Sklavinnen gab Aladdin
Befehl, zur Mutter hinzueilen
Und ihr ein Staatskleid anzuziehn.
Das bare Gold ließ er verteilen
An feine Sklaven, mit der Weisung,
Sie sollten's auf der ganzen Länge
Des Wegs mit voller Hand zur Speisung
Der Armut werfen in die Menge.
Er stieg zu Pferd und zog inmitten
Des Trosses durch die Straßen hin.
Selbst Kennern kam nicht in den Sinn,
Daß er noch nie zuvor geritten,
Weil mit dem feinsten Ebenmaß
Und Anstand er im Sattel saß.

Aladdin reitet zum Schloß des Sultans

Vielköpfig, massig, nicht zu zählen,
Lief wiederum das Volk herbei;
Betäubend schwang aus allen Kehlen
Sich Beifallruf und Jubelschrei,
Besonders wenn, vom Sklaventroß
Geschnellt, als ungewohnter Segen
So rechts wie links ein Hagelregen
Von goldnen Münzen sich ergoß.
Wer war der Ritter hoch zu Roß?
Bei Namen konnt' ihn niemand nennen,
Nicht einmal einer unter zehn,
Die noch vor kurzem ihn gesehn,
Den alten Aladdin erkennen.

Er, jüngst noch dürftig, unansehnlich,
Sah nun sich selber nicht mehr ähnlich;
Denn zu der Lampe Wunderkräften
Gehörte die geheime Macht,
Dem Glückspilz, den sie hoch gebracht,
Auch äußern Adel anzuheften.
So lag am Tage sonnenklar,
Daß all der Pracht, womit er prunkte,
Durch sein Verdienst er würdig war.
Er wurde rasch zum Mittelpunkte
Für jedes Auge; jauchzend hob
Zum Himmel ihn des Volkes Lob
Und gönnte gern ihm dieser Erde
Vollkommenstes und reichstes Heil.

Bis zum Palasttor mittlerweil
Gelangt, stieg artig er vom Pferde.
Die Pförtner bildeten zwei Reihen
Von Tor zu Tür, um dem Empfang
Vermehrte Würde zu verleihen;
Durch diese schritt er sacht entlang,
Trat in den Saal und vor den Thron.
Der Sultan, seiner harrend schon,
War überrascht und höchst erbaut
Sowohl von seiner Prachtentfaltung
Wie seinem Wuchs und seiner Haltung,
Schritt ihm entgegen, zog ihn traut,
Ihm wehrend, auf die Knie zu sinken,
An seine Vaterbrust und ließ,
Indem er ihn willkommen hieß,
Ihn sitzen dicht zu seiner Linken.

"Erlauchter Fürst," sprach Aladdin,
"Ich danke dir, daß mein Erkühnen,
Statt es durch harten Spruch zu sühnen,

So nachsichtsvoll du mir verziehn.
Ich wüßte nichts, was mich entschuldigt,
Als daß mein Herz, von holdem Zwang
Besiegt, in willenlosem Drang
Der reizenden Prinzessin huldigt,
Und daß die Liebe, die gewaltsam
In meinem Innern flammt und loht,
Nicht enden wird, bis unaufhaltsam
Mein Leben selbst erlischt im Tod."

"Mein Freund," versetze halb im Scherz
Der Sultan, "um durch dieses Feuer
Heillos versengt zu sehn dein Herz,
Halt' ich fortan dich viel zu teuer.
Ist dies das Mittel, dich zu töten,
So weiß ich, was dich heilen soll."
Er gab ein Zeichen. Flugs erscholl
Musik von Zimbeln und von Flöten.
Er führte drauf ihn liebevoll
Zum wunderbaren Nebensaal,
Worin bereits auf goldnen Tellern
War aufgetischt ein leckres Mahl,
Das aus den kaiserlichen Kellern
Versorgt war mit dem besten Wein.
Der Sultan aß mit ihm allein;
Der Großvezier und all die Herrn
Von Rang und von Geblüt umkreisten
Den vollbesetzen Tisch von fern
Und mußten zusehn, wie sie speisten.

74

10.

Nach Tische ward an Aladdin
Vom Sultan väterlich die Frage
Gerichtet, ob es ihm behage,
Sogleich die Hochzeit zu vollziehn.
Er gab zur Antwort: "Herr, du weißt,
Wie sehr ich nach dem Glück verlange,
Das die Prinzessin mir verheißt.
Jedoch damit ich ihrem Range
Gemäß an unserm Hochzeitstag
Sogleich in tadellosen Räumen
Ein neues Heim ihr bieten mag,
Laß noch für kurze Zeit mich säumen.
Ein Schloß, versehn mit jeder Zier,
Will ich errichten. Weise mir
Drum einen angemessnen Bauplatz."
Der Sultan drauf: "Mein Sohn, du hast
Die Auswahl. Hier vor dem Palast
Liegt, wie du siehst, ein leerer Schauplatz,
Wo für dein Schloß genügend Raum.
Nur laß es möglichst rasch erbauen;
Denn, glaube mir, ich kann es kaum
Erwarten, euch vermählt zu schauen."
Nach dem Gelöbnis, daß er sicher
Den Bau nach Kräften fördern werde,
Nahm Aladdin mit feierlicher
Umarmung Abschied, stieg zu Pferde
Und trabte durch die gleichen Gassen

Mit dem Gefolg zurück nach Haus,
Umbrandet wieder von den Massen
Des Volks mit lautem Jubelbraus.

Daheim kaum angelangt, beschwor
Den Geist er abermals und sagte:
"Schon dein bisherig Wirken ragte
Durch Kraft und Schnelligkeit hervor.
Doch zu dem ungemeinen Werke,
Das jetzt mir unentbehrlich ist,
Bedarf ich deiner ganzen Stärke.
Du sollst in möglichst kurzer Frist
Grad gegenüber vom Palaste
Des Sultans mir ein stolzes Schloß
Errichten, das vom Erdgeschoß
Bis zu des Daches Flaggenmaste
Der Sultanstochter, meiner Frau,
Trotz ihrem sehr verwöhnten Auge
Zur künftigen Behausung tauge.
Welch ein Gestein du für den Bau
Verwenden willst, ob Marmorquadern,
Schneeweiß mit feinen schwarzen Adern,
Ob Jaspis, ob Achat, Lasur,
Das stell' ich ganz in dein Ermessen;
Doch sollst du—dies beding' ich nur—
Nicht einen großen Saal vergessen
Im obern Stockwerk, der bekrönt
Von einer Kuppel, an den Wänden
Durch Gold und Silber sei verschönt.
Auch soll, um hellstes Licht zu spenden,
Er vierundzwanzig Fenster zählen;
Die Rahmen seien alabastern,
Das Gitter sollst du mit Juwelen
Von unerreichtem Glanz bepflastern.
An einem wohlverwahrten Platz

Befinde ferner sich ein Schatz
Gemünzten Goldes aufgespeichert,
Der für mein Lebtag mich bereichert.
Auch will ich, daß man eine Flucht
Von Küchen trifft am rechten Orte,
Nebst Vorratskammern jeder Sorte,
Und Ställe voll von edler Zucht.
Ingleichen soll das Lustschloß innen
Bevölkert sein mit einem Heer
Von Dienern und von Dienerinnen. —
Das alles schaff' mir nach Begehr,
Und wenn du fertig bist, komm wieder."

Als er dem Geiste dies gebot,
Sank abendlich die Sonne nieder.
Am andern Tag ums Morgenrot
Erschien der Geist an seinem Bette:
"Vollendet ist, was du bestellt;
Schau," sprach er, "ob es dir gefällt."
Er trug darauf ihn an die Stätte.
Wie sehr war Aladdin verwundert!
Da stand, erbaut in einer Nacht,
Ein Schloß, wie noch kein halb Jahrhundert
Voll Menschenarbeit es vollbracht.
Er glaubte wahrlich nur zu träumen,
Als ihn der Geist in allen Räumen
Herumgeleitete. Da war
Sein Auftrag Punkt für Punkt vollzogen,
Bei weitem überholt sogar:
Gewölbe, Säulen, Pfeiler, Bogen
Von höchster Schönheit, ein Gewimmel
Von Dienstbeflissnen überall;
An Silberkrippen in dem Stall
Die schönsten Rappen, Füchse, Schimmel;
Mundvorrat jeder Art, nicht sparsam

In Küch' und Kammern schon verfacht;
Der Schatz in sicherem Gewahrsam,
Von einem Schließer treu bewacht,
Mit Gold gefüllte Riesensäcke,
Gehäuft, getürmt bis an die Decke.

Nachdem sich Aladdin das Ganze
Von Grund aus angesehn, zumal
Auch noch den großen Kuppelsaal,
Sprach er, geblendet von dem Glanze,
zum Geist: "Ich muß dir Beifall zollen;
Befriedigt wurde musterhaft
Von dir mein Wünschen und mein Wollen.
Nun sei nur noch herbeigeschafft
Ein langer Teppich aus Damast,
Von feenhaftem Farbenschimmer;
Du sollst, befehl' ich, vom Palast
Des Sultans ihn bis an die Zimmer
Der Herrin dieses Schlosses breiten.
Ihn soll auf ihrer Wanderung
Ins neue Heim ihr Fuß beschreiten."
Der Geist entfernte sich im Schwung,
Und eh' sich's Aladdin versah,
Lag der damastne Teppich da.
Der Geist kam wieder ohne Rast
Und trug nach Haus ihn unverdrossen,
Grad als die Pforten am Palast
Des Sultans wurden aufgeschlossen.

Die Pförtner wunderten sich sehr,
Als drüben, dicht vor ihren Nasen,
Wo gestern noch die Stätte leer
Und nur bewachsen war mit Rasen,
Ein Wunderbauwerk hoch und hehr
Sie ragen sahen in die Lüfte.

Die Nachricht schwirrte mit Gesumm
Beflügelt im Palast herum;
Der Hofstaat machte höchst verblüffte
Gesichter, und der Großvezier
Lief, als er eine Weile stier
Den rätselhaften Spuk beglotzt,
zum Sultan hin und sprach entrüstet:
"Wer sich mit einem Kunststück brüstet,
Das jeglicher Erfahrung trotzt,
Der steht im Bund mit Zauberei!"
Der Sultan gab zur Antwort: "Ei,
Man muß nicht gleich das Schlimmste denken.
Was ist denn weiter auch dabei?
Ein Mann, der so vermag zu schenken,
Den drum mein fürstliches Vertrau'n
Erkor zu meiner Tochter Gatten,
Der kann sich wohl den Spaß gestatten,
Ein Schloß in einer Nacht zu bau'n.
Er gibt als reichster Mann der Welt
Uns nur ein augenfällig Zeichen,
Daß man mit sehr viel barem Geld
So ziemlich alles kann erreichen.
Der Bau dort stammt aus goldnen Quellen,
Und wenn du trachtest, ihn als Frucht
Von Zauberkünsten hinzustellen,
So spricht aus dir die Eifersucht."—

Zur Stunde, da sich so die beiden
Besprachen, war in ihrem Haus
Die Mutter Aladdins drauf aus,
Mit jenem Staat sich zu bekleiden,
Den ihr die Sklavinnen gespendet,
Und ließ, nachdem durch deren Walten
Ihr Putz in Bälde war vollendet,
Von ihnen sich die Schleppe halten

Auf ihrem Wege zum Palast.
Auch Aladdin, im Vaterhause
zum allerletztenmal zu Gast,
Brach auf nach kurzer Ruhepause.
Die vielbewährte Wunderlampe
Nahm er dabei wohlweislich mit,
Bestieg sein flinkes Pferd und ritt
Gradaus zu seines Schlosses Rampe.

Der Sultan erblickt das Schloß Aladdins

Der feierliche Freudenklang
Von Trommeln, Pfeifen und Trompeten
Erscholl der Mutter zum Empfang.
Von des Palastes Zinnen wehten
Im Winde fröhlich bunte Fahnen;
Aus Schalen strömte Balsamduft;
Der Hofstaat stand auf den Altanen
Und schwenkte Tücher durch die Luft.
Die Stadt ward neuerdings geschmückt
Mit Laubwerk, Teppichen und Lichtern;
Viel deutlicher war den Gesichtern
Des Frohsinns Stempel aufgedrückt
Als beim gestörten Hochzeitsfeste

Von damals. Die verdutzte Schar
Des Volks erblickte zwei Paläste,
Wo tags zuvor nur einer war;
Zumal bestaunten sie den neuen,
Und laut bekannte jedermann,
Er müsse den Vergleich nicht scheuen,
Ja, steh' dem alten weit voran.

Inzwischen ward, weil sich der Freier
Ausdrücklich hatte vorbehalten,
In seinem eignen Schloß die Feier
Der Hochzeit glänzend zu gestalten,
Vom Sultan öffentlich erklärt,
Daß gültig nun zu Recht bestehe
Prinzessin Bedrulbudurs Ehe
Mit dem Gemahl, der ihrer wert,
Und dem sein Vaterherz gewogen;
Auch wurde der Vertrag vollzogen
Mit hergebrachter Förmlichkeit.
Dann leerten einen Freudenbecher
Die Mutter und der Fürst zuzweit.
Er selber gab ihr das Geleit
In der Prinzessin Wohngemächer.
Dort kam in ihrem reichen Schmuck
Und ihrer Schönheit holdem Prangen
Die Braut entgegen ihr gegangen
Mit einem warmen Händedruck
Und einem Kuß auf ihre Wangen.
Sie nahm, bereit zur Überführung
In ihres Ehegatten Schloß,
Vom Vater Abschied. Beiden floß
Ein Tränenstrom herab vor Rührung.
Und als der Sonne letztes Blinken
Gewichen war dem Dämmerschein,
Da formte sich der Zug. Zur Linken

Schritt ihr die Mutter, hinterdrein
Die Sklavinnen und Zofen all,
Voran ein Trupp von Musikanten
Mit schmetterndem Posaunenschall,
Zuletzt unzählige Trabanten,
Lakaien, Pfeifer, Paukenschläger
Und Knappen, die als Fackelträger
Dem Zuge Licht zu spenden hatten.
So schwebte die Gebieterin
Auf dem damastnen Teppich hin
Zum kerzenhellen Schloß des Gatten,
Und all das heitre Volksgewimmel
Entsandte wie aus einem Mund
Gebet und Segenswunsch zum Himmel
Für ihren jungen Ehebund.

11.

Von seiner Dienerschaft umgeben
Stand Aladdin am Eingangstor
Und führte mit beglücktem Beben
Die Braut zum Kuppelsaal empor.
Sie war beim ersten Anblick schon
Entzückt von ihm, da beim Vergleiche
Sie fand, daß nimmer ihm der Sohn
Des Großveziers das Wasser reiche.
Und Aladdin? Ach, wer beschriebe,
Was er im Innersten empfand,
Wie nun das Traumbild seiner Liebe
Holdselig leibhaft vor ihm stand!
Er rief: "Du Herrlichste von allen,
Vor der das Taggestirn erbleicht,
Gesteh' mir, ob ich nicht vielleicht
Verurteilt bin, dir zu mißfallen!"
"Mein Prinz—denn dieser Name scheint",
Versetzte sie, "dir zu gebühren—
Mir hat mein Vater dich zu küren
Befohlen und mich dir vereint.
Des Vaters Willen sich zu fügen
Ist einer guten Tochter Pflicht;
Doch ich vollzog sie mit Vergnügen;
Denn wisse, du mißfällst mir nicht."

Mit dieser feinen Antwort scheuchte
Sie seiner Sorge letzten Rest;

Und nun begann ein Zauberfest,
Das ihr viel Staunenswerter deuchte,
Als was daheim sie je geschaut.
Die Tafel überschwemmten Rosen,
Von Diamanten rings betaut;
Von einer gleichfalls grenzenlosen
Verschwendung zeugten die Pokale,
Die Schüsseln, Teller, Gabeln, Messer;
Sogar die Speisen waren besser
Als je beim kaiserlichen Mahle.
Zu Flötenspiel und Lautenklang
Ertönte, reizend anzuhören,
Ein doppelstimmiger Gesang
Von allerliebsten Mädchenchören.
Nach Schluß des Mahls erschien ein Schwarm
Von Tänzern und von Tänzerinnen,
Um einen Reigen zu beginnen.
Der Schloßherr selbst bot seinen Arm
Der Herrin, und voll Anmut schwangen
Nach einem alten Brauch des Lands
Die Neuvermählten sich im Tanz.
Die Mitternacht war längst vergangen,
Da sich im Schloß zu Ende neigte
Die Lustbarkeit.

      Am Tag darauf,
Als schon des Sonnenballes Lauf
Sich nah dem Mittagsgipfel zeigte,
Schritt Aladdin mit einem Heere
Von Dienern auf dem kurzen Pfad
Hinüber zum Palast und bat
Den Schwiegervater um die Ehre,
Sein Schloß in Augenschein zu nehmen.
Gewiß, der Sultan mochte gern
Zu dieser Einkehr sich bequemen

Und ging, begleitet von den Herrn
Des Hofs, mit ihm dorthin zu Fuße.

Das Schloß, obwohl er's nun schon oft
Von seinem Fenster aus mit Muße
Betrachtet, schien ihm unverhofft
Noch prächtiger, als er es nah
Und näher jetzt vor Augen sah.
Im Innern erst vermochte kaum
Er sein Entzücken zu bemeistern,
Und gar der große Kuppelraum
Schien grenzenlos ihn zu begeistern.
Er sprach zum Großvezier: "Ein Wunder
Wie dies hab' ich noch nie gewahrt.
Hiergegen ist, bei meinem Bart,
Mein eigener Palast nur Plunder."

Doch als er wieder heimgekehrt,
Um manchen großen Eindruck reicher.
Da schlängelte der alte Schleicher
Von Großvezier sich unbegehrt
An ihn heran mit dem Vermerk:
"Wer könnte diesen Bau betrachten,
Erhabner, ohne für ein Werk
Der Zauberkunst ihn zu erachten?"
Der Sultan drauf mit strengem Blick:
"Das hochzeitliche Mißgeschick,
Das deinem Sohn so schlecht bekam,
Kannst du noch immer nicht verschmerzen,
Bist Aladdin deswegen gram
Und suchst ihn grundlos anzuschwärzen."

So scheiterte die Lästrung kläglich.
Der Fürst begab, sobald er wach,
Vielmehr von jetzt ab sich tagtäglich
Gleich in sein Lieblingswohngemach,

Wo freien Ausblick er genoß
Auf seines Schwiegersohnes Schloß,
Und ward nicht müd, vom Fenster aus,
Ganz in Bewunderung vergraben,
An Form und Schmuck des stolzen Baus
Das Auge stundenlang zu laben.
Wer aber dächte, daß nunmehr
Sich Aladdin daheim verschlossen
Und ferngehalten vom Verkehr,
Der hätte gänzlich fehlgeschossen.
Im Gegenteil, er ward beständig
Lustwandelnd in der Stadt gesehn,
Ging zum Gebet in die Moscheen,
Tat manchen Einkauf eigenhändig,
War bei den hohen Edelleuten
Oft zu Besuch, und jedesmal,
Wenn er mit einer großen Zahl
Betreßter Diener ausritt, streuten
Sie Gold umher aus vollen Händen.
An seines Schlosses Pforten kam
Kein Bettelmann, der nicht mit Spenden
Vollauf beladen Abschied nahm.

Auch wenn er, um der Jagd zu pflegen,
Ins Feld hinausstob ungehemmt,
Ward jedes Dorf auf seinen Wegen
Von einem Goldstrom überschwemmt.
Kein Wunder war's, wenn dergestalt
Ihm der Berühmtheit Rosenwolke
Das Haupt umspann, und wenn er bald
Vergöttert ward vom ganzen Volke.
Er aber wurde drum nicht eitel,
Nein, zeigte dem bedrohten Staat
Sich von der Zehe bis zum Scheitel
Als echten Helden durch die Tat:

Des Reichs gesamte Grenze stand
In eines Aufruhrs hellem Brand.
Der Feldherrn keiner konnt' ihn dämpfen,
Bis Aladdin, dem Ruf der Not
Gehorchend, mannhaft sich erbot,
Auf eigne Faust ihn zu bekämpfen.
Vom Herrscher an des Heeres Spitze
Berufen zog er in das Feld,
Nicht achtend Mühsal, Frost und Hitze!
Bald war von ihm der Feind umstellt
Und wurde wie beim Hasenjagen
Trotz aller seiner Übermacht
In einer einz'gen großen Schlacht
Zerstreut und in die Flucht geschlagen.
Dann führte seine tapfren Krieger
Er heimwärts im Triumph, das Haupt
Von einem Ruhmeskranz umlaubt,
Und hieß nun Aladdin der Sieger. —

In stetem Fluß allmählich reihte
Sich Tag an Tag und Jahr an Jahr;
Er aber ward es kaum gewahr
An seiner schönen Gattin Seite,
Geliebt und liebend, hochgeachtet
Und doch von schlicht bescheidnem Sinn.
Die Bosheit, die von Urbeginn
Das Gute zu vernichten trachtet,
Sollt' aber nach der Gnadenfrist
Auch ihn mit hartem Streiche treffen.

Der Zauberer befragt die "schwarze Kunst" über Aladdin

Der Zaubrer, der mit schnöder List
Ihn einst sich ausgesucht als Neffen,
Dann heimgewandert und seit Jahren
In Afrika nun wieder saß,
Wollt' eines Tages, rein zum Spaß,
Genaueres davon erfahren,
Wie Aladdin zugrund gegangen.
Denn daß der Bursch aus jener Gruft
Nie mehr, nachdem er drin gefangen,
Zurückgekehrt zu Licht und Luft,
War nicht im mindesten ihm fraglich;
Die Frage, die er noch gespart,
Galt einzig seiner Todesart.

Er setzte sich darum behaglich
An einen Tisch, worauf mit Sand
Gefüllt ein Viereck sich befand
In Schachtelform, nahm einen Stift
Und zog damit nach Zaubrerweise
Im Sande Linien und Kreise
Nebst Lettern einer fremden Schrift.
Berechnend, murmelnd unverständlich,
Nach Grundsatz, Regel und Gebot
Geheimer Schwarzkunst, bracht' er endlich
Heraus, daß Aladdin nicht tot,
Nein, daß er aus der Gruft entsprungen,
Zu Glanz und Ruhm sich aufgeschwungen
Und obendrein als der Gemahl
Der Sultanstochter herrlich lebe.

Ha, war das tückische Gewebe
Zerfetzt? Er wurde leichenfahl,
Krebsrot und wieder kreideblaß
Und dann vor Mißgunst gelb und gelber.
"Wie?" rief er aus in Wut und Haß,
"Der Schatz, den mühsam für mich selber
Ich ausgespürt mit saurem Schweiß,
In zähem, jahrelangem Fleiß,
Der Lampe hohe Wunderkraft
Ward mir zu meines Forschens Lohne
Von einem niedren Schneidersohne,
Von einem Tagedieb entrafft!
Er, den vermodert ich gewähnt,
Er darf zu schwelgen sich erfrechen
Im Reichtum, den er mir entlehnt!
Doch nur Geduld, ich will mich rächen!"
Er warf somit am selben Tag
Aufs Pferd sich ohne viel Besinnen
Und galoppierte stracks von hinnen

Zum Reich, das fern im Osten lag.

12.

Nachdem er auf der langen Reise
Sich und sein Pferd halb tot gehetzt,
Sich nur an kurzem Schlaf geletzt,
Sich nur genährt mit knapper Speise,
Mit kargem Trank erfrischt, gelangte
Der Zaubrer in des Sultans Reich,
Und bald vor seinen Augen prangte
Die Hauptstadt, wo sein Schurkenstreich
Ihm damals kläglich war mißlungen.
In einem kleinen Gasthaus stieg
Er ab, um seinen Rachekrieg
Zu fördern durch Erkundigungen.

Das Wichtigste ward ihm natürlich
Enthüllt, bevor ein Tag verfloß;
Denn alle Welt sprach unwillkürlich
Von Aladdin und seinem Schloß.
Er ließ zu dem berühmten Bau
Von seinem Wirt sich hingeleiten,
Und als er ihn von allen Seiten
Beschnüffelt hatte ganz genau,
Da wußt' er, daß dem Aladdin
Zu einem Werk von solcher Größe
Nur jene Lampe Kraft verliehn.
Er gab sich selber Rippenstöße
Vor Ärger, weil dies Meisterstück
Ihn völlig erst ermessen lehrte,

Was ihm entgangen war, und kehrte
Zu seinem Gasthaus dann zurück.

Wo mochte wohl die Lampe stecken?
Wenn ihren Aufbewahrungsplatz
Er fähig wäre zu entdecken,
Dann könnt' er den ersehnten Schatz
Von ihm erlisten, Raub um Raub,
Und von der angemaßten Zinne
Zurück ihn schmettern in den Staub.
Er nahm behend wie eine Spinne,
Die rastlos webt an ihrem Netze,
Das Zauberviereck wieder vor,
Und durch die magischen Gesetze,
Die mit Gekritzel er beschwor
Und knifflicher Berechnungsart,
Ward bald unfehlbar ihm verraten:
Die Lampe war im Schloß verwahrt.

Der Zufall, der verruchten Taten
Oft beisteht, war auch ihm gewogen.
Willkommen traf die Nachricht ihn,
Daß vor drei Tagen Aladdin
Auf eine große Jagd gezogen
Und fern sei bis zum Wochenschluß.
Er trat in eines Klempners Laden
Und sagte: "Freund, es soll dein Schaden
Nicht sein, wenn du mir dienst. Ich muß
zwölf Lampen haben, nagelneu,
Von blankem Kupfer." "Meiner Treu,"
Erwiderte mit breitem Lachen
Der Klempner — denn er war erfreut,
Solch glänzendes Geschäft zu machen —
"Gleich zwölf? So viele hab' ich heut
zwar nicht auf Lager; doch bis morgen

Werd' ich die fehlenden besorgen."

Mit einem Korb am Arme kam
Der Zaubrer wieder tags darauf,
Verpackte drin den ganzen Kram,
Gab für den abgeschlossnen Kauf
Weit höhern Preis als nach Verpflichtung,
Bewegte dann sich in der Richtung
Des Schlosses langsam durch die Stadt
Und zwang das Volk, dem Ruf zu lauschen:
"Hört, hört! Wer alte Lampen hat,
Kann hier sie gegen neue tauschen."
Die Leute dachten allgemein:
"Der Mensch da hat wohl einen Sparren."
Die Kinder hielten ihn zum Narren
Und liefen gröhlend hinterdrein.
Ihn aber konnt' es nicht beirren;
Er ließ im Korb die Lampen klirren
Und wiederholte hundertmal
Aus Leibeskräften sein Gekrähe
Bis in des Schlosses nächste Nähe.

In ihrem großen Kuppelsaal
Saß Bedrulbudur. Das Gehöhne
Der Kinder und die schrillen Töne
Des Rufers drangen auch zu ihr,
Und einer Sklavin aufzutragen
Gebot ihr drum die Wißbegier,
Sie mög' hinuntergehn und fragen,
Was dieser wüste Lärm bedeute.
Die Sklavin ging und lachte hell,
Da sie zurückkam: "Der Gesell,
Der dort umringt wird von der Meute,
Ist ohne Zweifel gänzlich toll.
Sein Tragkorb ist von einem Haufen

Der schönsten neuen Lampen voll;
Er aber will sie nicht verkaufen,
Nein, will sie tauschen gegen alte."

Auch der Prinzessin Lachen schallte
Nun laut und klang im Echo nach,
Bis eine andre Sklavin sprach:
"Vergib mir, Herrin; doch ich finde,
Da sich's um alte Lampen dreht
Und gleich hier neben auf dem Spinde
Zufällig eine solche steht,
So könnte man, wenn's dir beliebt,
Erproben, ob der Kerl tatsächlich
Für diese da, die schon gebrechlich,
Uns eine nagelneue gibt."

Dem stimmte die Prinzessin zu. —
Klang dir im Innern keine Warnung,
O Bedrulbudur? Ahntest du
Nicht schmählichen Betrugs Umgarnung?
Die Wunderlampe war's, die dort
Unscheinbar stand seit ein paar Tagen,
Weil Aladdin, der immerfort
Sie sonst mit sich herumgetragen,
Aus Furcht, sie könn' in Wald und Feld
Verloren gehn, nicht auf die Jagd
Sie mitgenommen. Wer nun fragt,
Warum aufs Spind er sie gestellt,
Anstatt sie sorgsam einzuschließen,
Den darf die Antwort nicht verdrießen,
Daß hin und wieder ein Versehn
Wohl jedem unterläuft im Leben,
Und daß die Allerklügsten eben
Die dümmsten Fehler oft begehn.
Die Sklavin nahm die Lampe, trug

Zum Zaubrer hurtig sie hinunter,
Hielt ihm sie hin und sagte munter:
"Wenn diese da dir alt genug,
Gib eine neue mir zum Tausche."
Zugreifend voll Begier verschlang
Er mit den Augen seinen Fang
In schlecht verhehltem Freudenrausche;
Dann ließ er unters Kleid ihn wandern.
Den Korb jedoch mit den zwölf andern
Wies er der Sklavin vor zur Wahl.
Sie wählte lachend, und die Rotte
Begoß ihn mit vermehrtem Spotte.

Doch er, geschmeidig wie ein Aal,
Entkam durch eine Seitengasse,
Ließ dort, sobald ihn dieser Schlich
Geborgen hatte vor der Masse,
Den angefüllten Korb im Stich
Und lief davon, sein Gasthaus meidend.
Was lag ihm noch an seinem Pferd?
Was lag an andrem Geldeswert?
Jetzt war nur eins für ihn entscheidend!
Nachdem er eine halbe Meile
Vorm Stadttor endlich Halt gemacht,
Beschloß er, noch für eine Weile
Sich zu gedulden, bis die Nacht
Ihm Schutz vor Überrumplung böte.
Erst als im Westen sich verlor
Der letzte Schein der Abendröte,
Zog er die Lampe sacht hervor
Und rieb sie.

                    "Was ist dein Begehr?"
So rief im nächsten Augenblicke
Der Geist, an Länge, Breite, Dicke

Fünfmal so massig wie ein Bär;
"Die Lampe macht es mir zur Pflicht,
Daß ich gehorsam dich bediene."
Der Zaubrer sprach mit Siegermiene:
"Du sollst das Schloß, das jener Wicht
Von dir sich hat erbauen lassen,
Mit seinen sämtlichen Insassen
Und mir zugleich alsbald von da
Forttragen durch des Äthers Wellen
Und an dem Punkt in Afrika,
Wo ich daheim bin, niederstellen."
Gehorsam seinem neuen Meister
Vollzog der Geist noch in der Nacht
Mit Hilfe seiner Nebengeister
Den Auftrag.

       Zeitig aufgewacht
Begab der Sultan sich wie täglich
Zum Fenster, um in froher Schau
Zu mustern den erhabnen Bau.
Sein Staunen aber war unsäglich,
Als er den leeren Platz erblickte,
Vom Schloß dagegen keine Spur.
Er rieb die Augen sich, er zwickte
Sich in den Arm; dies konnte nur
Entweder Trug sein oder Traum!
Doch welche Vorsicht er auch übte,
Die Sonne schien, kein Wölkchen trübte
Den Himmel bis zum fernsten Saum.
Unzweifelhaft, er träumte nicht!
Mit steifem, starrem Angesicht
Stand er und stand wie angewurzelt
Und murmelte: "Das Schloß ist fort,
Soviel steht fest. Wär's eingepurzelt,
So lägen doch die Trümmer dort.

Der Kuckuck weiß, was hier geschehn!"
Zum Schluß, wie stets in schweren Fällen,
Ließ er dem Großvezier bestellen,
Er wünsche schleunigst ihn zu sehn.

Der Großvezier kam angerannt;
Der Sultan faßte seine Hand,
Zog ihn zum Fenster hin und fragte
Voll Spannung: "Wirst du was gewahr
Vom Schloß, das gestern hier noch ragte?
Mich foppt, so scheint's, mein Augenpaar."
Der Großvezier war höchst betroffen;
Jedoch er sammelte sich bald.
"Herr," sprach er, "liegt nunmehr nicht offen,
Was mir schon längst für sicher galt,
Wenngleich du mir nicht beigepflichtet?
Dies Schloß, ich wiederhol' es frei,
So schnell verschwunden wie errichtet,
Es war ein Werk der Zauberei."

Der Sultan, der dem Lästerwort
Nicht mehr zu widerstehn vermochte,
Ward kirschrot im Gesicht; er kochte
Vor Zorn und fluchte: "Pest und Mord!
Ein Gauner, listig und verlogen,
Hat an der Nase mich gezogen!
Wo ist der Schurk', der das gewagt?
Noch heute soll sein Blut verschäumen!"
Drauf jener: "Herr, laß uns nur säumen,
Bis er zurückkehrt von der Jagd."
"Nichts da! Das wäre zu viel Schonung,"
Entgegnete der Sultan wild;
"Vom Henker werd' ihm die Belohnung,
Mit der man Hochverrat vergilt.
Geh', schick' ihm dreißig Reiter nach!

Die sollen unterwegs ihn greifen,
Verhaften und mit Schimpf und Schmach
Gefesselt vor mein Antlitz schleifen!"

13.

Auf seinem Rückweg nach der Stadt
Begriffen, ahnungslos und heiter,
Traf Aladdin die dreißig Reiter.
Ihr Hauptmann grüßte höflich glatt,
Und er, von Heimweh schon beschwingt
Und in der Meinung, jene wären
Vorausgesandt zu seinen Ehren,
Sah sich mit einem Schlag umringt.
"Mir ziemt, mein Prinz, dich aufzuklären,"
Begann der Hauptmann; "doch ein Sprecher,
Der Unheil meldet, spricht nicht gern.
Uns ward vom Sultan, unsrem Herrn,
Befohlen, dich als Staatsverbrecher
In Haft zu nehmen und gefangen
Zu führen vor sein Angesicht."
"Sag' nur, was hab' ich denn begangen?"
Rief Aladdin mit heißen Wangen.
Drauf jener: "Prinz, das weiß ich nicht."
"Wohlan, da habt ihr mich. Vollzieht,
Was eures Amts! Ich folg' euch willig,
Ist's auch gewiß nicht recht und billig,
Was unverschuldet mir geschieht."
Er warb vom Pferd geholt, an Armen
Und Hals mit Ketten fest umschnürt
Und so zum Schrecken und Erbarmen
Des Volkes in die Stadt geführt.

Der Liebling aller war in Not!
Man wußte nicht, aus welchem Grunde,
Sah nur ihn von Gefahr bedroht
Und wollte drum, zu raschem Bunde
Vereinigt, ihm die Freiheit schaffen.
Ein Teil ergriff metallne Waffen,
Ein andrer Steine, Knüttel, Stangen,
Den Reitern sperrend Weg und Raum;
Mit ihrem Häftling konnten kaum
Sie bis in den Palast gelangen.

Der Sultan, der bereits ihr Nah'n
Erwartet hatte vom Altan,
Befahl dem Henker, alsogleich
Dem Schändlichen, der sein Vertrauen
Getäuscht, mit einem scharfen Streich
Das Frevlerhaupt herabzuhauen.
Es ward ihm keine Frist verliehn,
Sich durch Verteidigung zu retten;
Der Henker hieß, nachdem die Ketten
Ihm abgestreift, ihn niederknien,
Band ihm sodann die Augen zu,
Erhob das Richtschwert, wie befohlen,
Um auf des Herrschers Wink im Nu
zum Streich gewaltig auszuholen.

Aladdins schlimmste Stunde

Da—was ist das? Was dröhnt und gellt?
Was schwillt und wirbelt, brandend, brausend?
Vom Volke haben viele Tausend
Im Aufruhr den Palast umstellt.
Man reißt und rüttelt an den Mauern,
Man bricht aus ihnen Stein um Stein,
Und lange kann es nicht mehr dauern,
Da stürzen sie zertrümmert ein,
Und alle Tore klaffen splitternd.
"O Herr, bedenk'!" so wendet zitternd
Zum Sultan sich der Großvezier,
"Schau hin, wie meuterische Horden,
Vollständig zügellos geworden,

Gleich einem grimmen Riesentier
Sich gegen deine Mauern türmen!
Der Mensch hat auch dein Volk behext,
Und wenn du diesen Spruch vollstreckst,
Dann wird es den Palast erstürmen."

Der Sultan fuhr erschreckt zusammen.
Er merkte wohl, daß durch den Tod
Prinz Aladdins das Reich in Flammen
Auflodern würde. Drum gebot
Er dem verblüfften Henker knapp
Vorm Streich, das Leben ihm zu lassen;
Der nahm die Binde von ihm ab,
Und den erregten Menschenmassen
Ward mit Trompetenstoß verkündigt,
Der Sultan habe kurz und gut,
Wie sehr auch Aladdin gesündigt,
Ihn zu begnadigen geruht.
Dies Wort, voll Beifallslärm umtönt,
Goß Öl in die erzürnten Wogen;
Die sämtlichen Empörer zogen
Nach Haus beschwichtigt und versöhnt.

Doch Aladdin, als er befreit
Sich sah, hob zum Altan die Hände:
"Herr," bat er flehentlich, "vollende
Die Gnade, die du mir geweiht,
Und sage mir, durch welch Verbrechen
Verdient' ich solch ein Strafgericht?"
"Ei, willst du dich noch gar erfrechen,
Zu tun, als wüßtest du das nicht?
Komm'," rief der Sultan, "komm' hierher!
Dein Stolzes Schloß, wo mag es liegen?
Zeig' mir's! Nicht finden kann ich's mehr."
Als Aladdin emporgestiegen,

Ließ er ihn durch das Fenster blicken
Und fragte barsch: "Was siehst du da?"
Der Ärmste glaubte zu ersticken,
Als er die leere Stelle sah.
Versteinert, reglos blieb er stehn,
War nicht imstande, sich zu sammeln,
Geschweige denn ein Wort zu stammeln.

"Nun sprich! Kannst du dein Schloß erspähn?"
So forschte jener streng und hart.
"Bekenne, wo es hingekommen,
Und was aus meiner Tochter ward!"
"Mein Fürst," sprach Aladdin beklommen,
"Obgleich ich selbst nicht ahnen kann,
Was mittlerweil sich hier begeben,
So schwör' ich dir bei meinem Leben,
Ich habe keinen Teil daran!"
Der Sultan schrie: "Du Strolch, mitnichten
Entschuldigst du dein Bubenstück!
Gern will ich auf das Schloß verzichten;
Jedoch mein Kind gib mir zurück!
Sonst lass' ich meinem Wort zum Trotz
Dir deinen Kopf herunterschlagen,
Als wäre der ein Tannenklotz."
"Herr, eine Frist von vierzig Tagen
Gewähre mir!" bat Aladdin.
"Ich werde, sollt' es mir mißlingen,
Verlornes wiederzuerringen,
Mich meiner Strafe nicht entziehn."
Der Sultan sagte: "Wohl, so sei's;
Ich will dir diese Frist vergönnen.
Du würdest doch um keinen Preis
Dem Rächerarm entrinnen können."

Bekümmert, mit gesenktem Haupt

Schlich Aladdin wie ausgestoßen
Von dannen, und dieselben Großen,
An deren Freundschaft er geglaubt,
Die gestern noch ihm auf dem Fuß
Gefolgt, um sich vor ihm zu bücken,
Vermieden heute seinen Gruß
Und kehrten lieblos ihm den Rücken.
Was konnt' er tun? Wohin sich wenden?
Er lief, im Kopfe wirr und kraus,
Umher, die Stadt von Haus zu Haus,
Von Tür zu Tür nach allen Enden
Durchwandernd, ohne zu verstehn,
In welcher Absicht, fragte jeden
Mit abgeriss'nen irren Reden,
Ob irgendwer sein Schloß gesehn.
Gar manche wurden übermannt
Von Mitleid; andre wieder lachten
Ihn aus, vermutlich, weil sie dachten,
Er sei nicht richtig bei Verstand.

Nachdem er so mit müdem Blick
Drei Tage lang herumgeschlendert,
Wollt' in der Stadt, wo sein Geschick
Sich so bejammernswert geändert,
Er nicht mehr weilen, sondern trollte
Sich ohne Plan hinaus aufs Feld.
Unendlich lag vor ihm die Welt;
Nur wußt' er nicht, wohin er sollte.
"Weh mir! Ich ward so bettelarm,
Daß ich mein traurig Los verfluche!"
So rief er aus in bittrem Harm.
"Wenn ich den Erdkreis auch durchsuche,
Beharrlich pilgernd Jahr um Jahr,
Wo find' ich die Geliebte wieder?
Weit besser, daß die Augenlider

Der Tod mir schließt auf immerdar!"
Er näherte sich einem Fluß
Und wollt', um seine Qual zu kürzen,
Sich mit verzweifeltem Entschluß
Kopfüber in die Fluten stürzen.
Es war um Sonnenuntergang;
Der Feuerball mit letztem Blinken
Schien ihm den Abschiedsgruß zu winken.
Ein Ruck, ein Anlauf—und er sprang.

Das Ufer war an dieser Stelle
Besonders steil, und seinen Rand
Umschloß ein kahles Felsenband
In rauh zerklüftetem Gefalle,
Sodaß der lebensmüde Springer
An einem Felsstück hängen blieb
Und jener Ring, den er am Finger
Noch immer trug, daran sich rieb.
Das war sein Glück; denn alsobald
Wie aus dem Wasserdunst verdichtet,
Stand mächtig vor ihm aufgerichtet
Desselben Geistes Schreckgestalt,
Der einst ihm in der Gruft erschienen,
Und rief: "Ich bin des Ringes Knecht.
Mir zu gebieten ist dein Recht;
Sag' an, womit kann ich dir dienen?"

Der Geist führt Aladdin nach Afrika

Drauf Aladdin: "O Geist, errette
Zum zweiten Male mich vom Tod
Und bring', bevor der Morgen loht,
Mein Schloß zurück zur alten Stätte!"
Der Geist versetzte: "Dies Gebot
Verträgt sich nicht mit meinem Walten.
Ich diene nur dem Ring. Du mußt
Dich an den Geist der Lampe halten."
"Nun wohl; jedoch wenn dir bewußt,
Wo sich zurzeit mein Schloß befindet,"
Sprach Aladdin, "befehl' ich dir
Kraft dieses Ringes, der dich bindet:
Befördre mich sogleich von hier

Gradaus an seinen neuen Platz!"
Kaum ausgesprochen war der Satz,
Da trug beflügelt ihn der Riese
Nach Afrika, zu jenem Ort,
Wo nun inmitten einer Wiese
Das Bauwerk stand, und setzte dort
Ihn sänftlich nieder auf das Gras.

Zwar blieb es Aladdin verborgen,
Daß er im Innern Afrikas
Gelandet war; doch er genas
Von allen Martern, allen Sorgen,
Als er den wohlbekannten Bau
Trotz dunkler Nacht im Sternenschimmer
Gewahrte, ja sogar die Zimmer
Dicht vor sich sah, die seiner Frau
Zur Wohnung dienten; und sie schlief
Wahrscheinlich dort schon fest und tief.
Um Lärm und Aufsehn zu vermeiden,
Hielt er gewaltsam sich zurück,
Wie schwer's auch war, so nah dem Glück
Bis morgen früh sich zu bescheiden.
Er streckte, von der langen Pein
Ermattet, unter einer Palme
Sich aus zum Schlummer, und die Halme
Des Grases wiegten mild ihn ein.

14.

Erweckt von süßen Vogelliedern
Hob er sich mit gestählten Gliedern
Vom Lager zeitig, und gelenkt
Von Sehnsucht fiel zu seiner Freude
Sein erster Blick auf das Gebäude,
Das ihm erschien wie neu geschenkt.
Auch die Prinzessin, die vor Kummer
Und tausend Ängsten Nacht für Nacht
In all der Zeit nur wenig Schlummer
Gefunden hatte, war erwacht.
Wer aber schildert ihre Wonne,
Da vor dem Fenster sich im Strahl
Der eben aufgegangnen Sonne
Leibhaftig vorfand ihr Gemahl!
Erst wechselten sie hundertfach
Kußhände, Grüße, Flüsterworte;
Dann schlich durch eine kleine Pforte
Verstohlen er in ihr Gemach.

Versteht sich, daß die Neuvereinten
Sich herzten, sich im Überschwang
Umschlungen hielten endlos lang
Und heiße Freudentränen weinten
In ihres Wiedersehens Rausch.
Zuletzt indessen unterbrach
Der Zärtlichkeiten holden Tausch
Bedeutsam Aladdin und sprach:

"Vergib mir, mein geliebtes Weib,
Ich muß, eh wir einander klagen,
Was wir erlebt in diesen Tagen,
Vor allem dich nach dem Verbleib
Der unscheinbaren Lampe fragen,
Die, während ich zur Jagd gezogen,
Im Saale stand auf einem Spind."
"Ach," seufzte sie, "sei nur gelind!
Ich selber wurde ja betrogen.
Längst ahnt mir, daß uns ihretwegen
Ereilte dieser Schicksalsschlag."
Drauf Aladdin: "Da sie zu hegen
Ich töricht unterlassen, lag
Die Schuld an mir. Doch jetzt erwägen
Wir besser, was den Schaden heilt.
Drum sag' mir, wo sie hingeraten."

Sobald sie dies ihm mitgeteilt,
Rief er: "Ich rieche nun den Braten!
Den Händler kenn' ich! Dieser Schuft,
Schon einmal wollt' er mich vernichten."
Sie fuhr dann fort, ihm zu berichten,
Wie nachts unmerklich durch die Luft
Entführt, sie morgens beim Erwachen
Sich hier in diesem fremden Land
Befunden, Afrika genannt,
Und wie der Kerl mit frechem Lachen
Sich ihr als Schloßherrn vorgestellt.
Drauf Aladdin mit Zornesfunken
Im Auge: "Solchen Erzhalunken
Hat nie zuvor gesehn die Welt.
Sprich, hast du nicht vielleicht erfahren,
Wo er die Lampe hält versteckt?"
Sie gab zur Antwort: "Wohl gewahren
Konnt' ich, daß unterm Kleid verdeckt

Er sie beständig bei sich trägt.
Denn seit ich hier bin, kommt er täglich
Zu längerem Besuch und legt
Es darauf ab, mich unerträglich
Mit ekler Huldigung zu quälen.
Ja, mehr noch, er verlangte dreist,
Ich solle zum Gemahl ihn wählen,
Weil du nicht mehr am Leben seist.
Mein Vater habe dir im Zorn
Den Kopf herunterschlagen lassen.
Dies Lied begann er stets von vorn,
Obwohl ich glühend ihn zu hassen
Beteuerte. Der eitle Wahn
Erfüllt ihn, daß ich auf die Dauer
Nicht widerstehe, wenn die Trauer
Um dich allmählich abgetan.
So hab' ich stets vor seiner List
Und seiner Schlechtigkeit gezittert
Bis heute, wo du bei mir bist."

"Ihm soll", rief Aladdin erbittert,
"Was andres blühen, als er meint.
Sei nur getrost! Von diesem bösen,
Ruchlosen, ränkevollen Feind
Werd' ich uns hoffentlich erlösen.
Was auch geschieht, mit Zuversicht
Vertraue mir bis zur Entscheidung,
Und siehst du später in Verkleidung
Mich wiederkehren, staune nicht."
Sobald er seines Schlosses Mauern
Verlassen, ging er querfeldein
Und traf in einem Palmenhain
Nach kurzer Wandrung einen Bauern.
Er fragte diesen nach dem Wege
Zur nächsten Stadt, und ob sein Kleid

Mit ihm zu wechseln er bereit.
Der Bauer war durchaus nicht träge,
Für dieses Fremden reiche Tracht
Sein schäbig Zeug daranzusetzen,
Und Aladdin, nachdem er sacht
Geschlüpft war in die alten Fetzen,
Schritt auf den ihm beschriebnen Pfaden
Der Stadt entgegen, kam hinein
Und fragt' in einem Krämerladen,
Ob ein gewisses Pülverlein
Zu haben sei. Der Krämer nickte,
Betonte nur, weil das geflickte
Gewand des Käufers ein Beweis
Der Armut schien, den hohen Preis.
Doch als der Fremde nicht verlegen
Ein Goldstück aus dem Beutel zog,
Bracht' er das Pulver ihm und wog
Ein Lot ihm ab.

    Auf gleichen Wegen
Kam Aladdin ins Schloß zurück
Und sprach zu seiner Gattin: "Höre!
Notwendig für mein Wagestück
Ist mir dein Beistand. Ich beschwöre
Dich drum, befolge meinen Rat!
Wirf dich in deinen schönsten Staat,
Schmück' mit Geschmeide dich und Spangen,
Um den Entführer, wenn er naht,
Mit wärmstem Gruße zu empfangen.
Damit kein Argwohn ihn beirrt,
Stell' dich, als ob du mich vergessen,
Wenn dir's auch noch so sauer wird,
Und lad' ihn ein zum Abendessen.
Sobald er dann mit dir in frecher
Behaglichkeit bei Tische sitzt,

Laß ihm kredenzen einen Becher,
Gefüllt mit Wein, in den verschmitzt
Vorher dies Pulver du gestreut,
Und bitt' ihn höflich, dir zu Ehren
In einem Zug ihn auszuleeren.
Von dieser Bitte hocherfreut
Wird er den Wein hinuntertrinken
Und leblos auf den Boden sinken,
Bevor er noch den Trunk bereut."

Wenn dieses Spiel auch recht verfänglich
Ihr vorkam, so versprach sie fest,
Sie werde tun, was unumgänglich.
Er barg sich für des Tages Rest
In einem abgelegnen Flügel
Des Schlosses. Als die fernen Hügel
Die Dämmerung mit ihrem grauen
Gewebe langsam überspann,
Rief Bedrulbudur ihre Frauen,
Mit deren Beistand sie begann,
Aufs wunderbarste sich zu schmücken.
Voll Sorgfalt ward ein herrlich Kleid
Ihr angelegt und zum Entzücken
Verziert mit flimmerndem Geschmeid.
Ihr Gürtel, ihre Spangen waren
Gleichwie der Reif in ihren Haaren
Mit Diamanten dicht besetzt;
Und um den Hals die Perlenkette—
Welch noch so große Fürstin hätte
Sich glücklich nicht mit ihr geschätzt?
Sie sah, nachdem der Putz vollendet,
Ihr Bild in einem Spiegel an
Und dachte sich: "Wo lebt ein Mann,
Der nicht von so viel Reiz geblendet
Vor mir die Waffen mußte strecken?"

113

Sie stieg hierauf zum Kuppelsaal
Empor, worin schon für das Mahl
Ein Tischlein stand mit zwei Gedecken.

Sie hatte noch nicht lang' geharrt,
Als pünktlich zur gewohnten Stunde
Der Zaubrer eintrat und erstarrt
Von so viel reichem Schmuck im Bunde
Mit so viel Schönheit stehen blieb.
Sie schritt holdselig ihm entgegen,
Als wäre sein Besuch ihr lieb,
Und tat, als ob nur seinetwegen
Sie so verlockend sich und prächtig
Gekleidet. Zögernd nahm er Platz,
Noch immer keines Wortes mächtig.
"Freund, sollte dich der Gegensatz
In meiner Stimmung Wunder nehmen,"
Begann sie lächelnd, "So vernimm,
Ich mag mich jetzt nicht länger grämen.
Denn daß durch meines Vaters Grimm
Mein Gatte seinen Tod gefunden,
Davon hast du mich überzeugt.
Gesetzt auch, daß ich tiefgebeugt
Mit unheilbaren Herzenswunden
Wehklagen wollt' um ihn beständig,
Er würde doch nicht mehr lebendig.
Ich gönn' ihm seine Grabesrast,
Und weil sich meine Fesseln lösten,
Bin ich entschlossen, mich zu trösten,
Und lade dich bei mir zu Gast."

Aladdin holt sich die Wunderlampe wieder

Der Zaubrer bildete frohlockend
Sich ein, gewonnen sei das Spiel,
Sah sich im Geiste schon am Ziel
Des kühnsten Wunsches, dankte stockend
Und setzte sich mit ihr zu Tisch.
Wie dort zu ihm verführerisch
Nun ihre Blicke sich erhoben,
Da schien es ihm unzweifelhaft,
Sie habe sich in ihn vergafft
Und wolle sich mit ihm verloben.
Ein üppig Mahl ward aufgetragen,
Und eine Sklavin reichte Wein.
Selbst schenkte die Prinzessin ein,

Goß unbemerkbar ohne Zagen
Das Pulver in des Gastes Becher
Und sprach: "Willst du mir frohen Mut
Bereiten, dann als wackrer Zecher
Trink' auf mein Wohl dies Rebenblut!"
"Ja, du Geliebte, du Verehrte,
Dies auf dein Wohl und unsern Bund!"
So rief er hochbeglückt und leerte
Den Becher aus bis auf den Grund.
Nach einem letzten kurzen Schnaufen
Fiel er bewußtlos rücklings hin.

Geholt von einer Dienerin
Kam Aladdin herbeigelaufen.
Als Bedrulbudur ihn umschlang,
Sprach er: "Begib dich auf dein Zimmer;
Denn mancherlei bleibt mir noch immer
Zu tun, obwohl dir dies gelang."
Nachdem sie sich entfernt, verlor
Er keine Zeit. Er riß der Leiche
Das Kleid auf, zog die wunderreiche
Geraubte Lampe draus hervor,
Ließ das entseelte Jammerbild
Fortschaffen von zwei starken Knechten
Hinaus ins nächtige Gefild,
Damit die Geier sein gedächten,
Wenn sie's gelüstete nach Speise,
Berief dann in gewohnter Weise
Den Geist und sagte: "Bring' sofort
Mein Schloß an seine alte Stelle!"
Noch nicht vollendet war das Wort,
Als schon der Geist in Windesschnelle
Mit fast unmerklichem Vollzug
Das Bauwerk durch die Lüfte trug.

15.

Der Sultan, der bis jetzt unendlich
Um seine Tochter sich gegrämt,
War vor Verwundrung wie gelähmt
Als morgens breit und gegenständlich,
Zurückgekehrt zum alten Platz
Das Schloß zu ihm herübergrüßte.
Der Anblick bot ihm für verbüßte
Betrübnis reichlichen Ersatz.
Er ließ ein Pferd sich satteln, trabte
Zum Schloß, verfügte sich geschwind
Zu seinem lang entbehrten Kind
Und ihre Zärtlichkeit erlabte
Sein Vaterherz. Dann wollt' er wissen,
Welch unglückselige Verkettung
Sie damals plötzlich ihm entrissen,
Und welchem Umstand ihre Rettung
Zu danken sei. Mit knappen Strichen
Erzählte sie vom fürchterlichen
Schwarzkünstler, der durch Zaubermacht
Sie mit dem Schloß entführt bei Nacht;
Wie von dem Schändlichen bedrückt
Sie schon geglaubt, ihm zu erliegen,
Bis ihrem Gatten es geglückt,
List gegen List ihm obzusiegen.

Ihr Vater war damit zufrieden,
Und als nunmehr auch Aladdin

Ins Zimmer kam, da zog er ihn
An seine Brust und sprach: "Hienieden
Ist man dem Irrtum ausgesetzt.
Vergib mir, wenn aus Übereilung,
Mein Sohn, ich blindlings dich verletzt.
Du brachtest meinen Schmerzen Heilung,
Indem du mir mein Kind befreit
Und sie behütet hast vor Schande;
Dies dank' ich dir für alle Zeit."—
Gefeiert ward im ganzen Lande
Die Wiederkehr des jungen Paars.
Ihr Glück verdüsterte kein Schatten.
Doch nicht die letzte Prüfung war's,
Die beide zu bestehen hatten.

Der Zaubrer nämlich, der ein Leben
Von großer Zähigkeit besaß,
War durch das Pulver, als dem Fraß
Der Geier man ihn übergeben,
In Wahrheit nur betäubt gewesen,
Von seinem Scheintod aufgewacht
Am nächsten Tag und bald genesen.
Er schwor, von Racheglut entfacht
Und vollgepfropft mit Gift und Geifer,
Er wolle vor Vergeltungseifer
Nicht rasten fürder und nicht rosten,
Und drum begann zum drittenmal
Er schleunigst über Berg und Tal
Die Reise nach dem fernen Osten.

Nach einem ganzen Wanderjahr
Voll Mühe, Drangsal und Gefahr
Kaum in der Hauptstadt angekommen,
War er nach einem neuen Kniff
Umschau zu halten im Begriff.

Er hörte dort von einer frommen,
Betagten Wundertäterin
Erzählen, die Fatime hieß
Und sich mit schlicht erhabnem Sinn
Der stillen Andacht überließ
In einer abgeschiednen Klause.
Durch Gassen, die man ihm beschrieb,
Schlich er zu ihrem kleinen Hause
Bei dunkler Nachtzeit wie ein Dieb,
Drang in ihr ärmlich Zimmer, weckte
Mit rohem Schütteln die Erschreckte,
Hielt einen Dolch ihr vor und sprach:
"Du sollst entseelt sogleich erblassen,
Kommst du nicht meiner Vorschrift nach!"
Sie mußt' ihm ihre Kleider lassen
Sowie den Schleier und die Haube,
Nebst dem geweihten Rosenkranz.
Obwohl dem Räuber sie sich ganz
Willfährig zeigte, ja, zum Raube
Hilfreich sogar die Hand ihm bot,
Stach er sie vorsichtshalber tot.

Sodann vor einem Spiegel schor
Den Bart sich weg der Halsabschneider,
Warf sich in seines Opfers Kleider,
Und als die Sonne stieg empor,
Trat er verschleiert auf die Gasse.
Der eine sprach zum andern: "Schau,
Dort geht einher die fromme Frau,"
Und eine große Menschenmasse
Umgab ihn rings voll Dankgefühl
Und folgte, Segenswünsche hegend,
Ihm nach bis in des Schlosses Gegend. —
Als die Prinzessin das Gewühl,
Vom Kuppelsaal herunterlugend,

Wahrnahm und obendrein erfuhr,
Daß all dies bunte Volk der Spur
Fatimens folge, deren Tugend
Und Heiligkeit ihr längst bekannt
Als der Verehrung Gegenstand
Und als das Vorbild frommer Sitten,
Da dachte sie, daß ihr gezieme,
Die Frau zu sich heraufzubitten.
Zu der vermeintlichen Fatime
Kam eine Botin, sie zu holen.
Der Zaubrer, nicht an seinem Sieg
Mehr zweifelnd, schmunzelte verstohlen,
Als er mit ihr den Saal erstieg,
Und fing, nachdem er ihn betreten,
Mit solcher Inbrunst an zu beten,
Daß die Prinzessin sich verneigte
Voll Ehrerbietung. Da der Schlimme
Sie ansprach mit verstellter Stimme,
Sowie nur hinter Schleiern zeigte
Sein glattgeschorenes Gesicht,
Erkannt' ihn Bedrulbudur nicht
Und sprach "Laß mich die Gunst begehren,
Fatime, daß du dauernd weilst
An unserm Herd und gute Lehren
Zu frommem Wandel mir erteilst."
Der abgefeimte Tückebold
Erklärte gern sich einverstanden;
Das war es ja, was er gewollt!
"Ein stilles Zimmer ist vorhanden
Im Schloß," fuhr die Prinzessin fort
In ihrer gläubigen Betonung,
"Und deiner Andacht wirst du dort
Obliegen können ohne Störung.
Erst aber mögest du mir ehrlich
Gestehn, wie dir das Schloß gefällt."

Der Zaubrer gab zur Antwort. "Schwerlich
Ist seinesgleichen auf der Welt;
Und dennoch, trotz der Raumverschwendung
Und dem Geschmack der Farbenwahl,
Bedrückt mich, daß in diesem Saal
Noch etwas mangelt zur Vollendung."
"Was ist es?" Scheinbar auf ihr Drängen
Erwiderte der Schuft: "Verzeih',
Von dieser Kuppel müßt' ein Ei
Des Vogels Roch herunterhängen."
Sie fragte, wo man das wohl fände.
Der Zaubrer drauf: "Gewaltig groß
Ist dieser Roch und nistet bloß
Auf Spitzen schroffer Bergeswände."
Sie dankte für den Rat und führte
Die falsche Heilige, noch immer
Nichtsahnend, selber auf ihr Zimmer.

Aladdin tötet den verkleideten Zauberer

Zum Saal zurückgekehrt, verspürte
Nun die Prinzessin, an der Angel
Des Zaubrers haftend, jenen Mangel,
Den nie zuvor sie wahrgenommen. —
Als Aladdin von einem Ritt
Heimkommend ihr entgegenschritt,
War sie so wunderlich beklommen,
Daß er sie fragte nach dem Grund.
Sie mußt' ihm ihr Gelüst enthüllen,
Und er, sobald ihr Wunsch ihm kund,
Gab ihr sein Wort, ihn zu erfüllen.
Er ging alsbald in sein Gemach
Und rieb sie Lampe, die verschlossen

Jetzt stand in einem sichren Fach.
Nachdem der Geist emporgeschossen,
Sprach er: "Dich wiederum zu sputen,
Befehl' ich dir. Es fehlt uns noch
Im Saal ein Ei des Vogels Roch.
Verschaff mir's binnen drei Minuten!"

Kaum war das Wort entflohn, da fing
Der Geist so furchtbar an zu dröhnen,
Zu schrei'n, zu wimmern und zu stöhnen,
Daß Hören ihm und Sehn verging
Und zitternd er zu Boden sank.
"Elender," brüllte mit Gepolter
Der Riese, "spannst du mich zum Dank
Für meinen Frondienst auf die Folter?
Befiehlt, ich soll auf meinen Schwingen
Als Deckenschmuck für seinen Saal
Dir meinen eignen Vater bringen?
Sei froh, wenn nicht mein Donnerstrahl
Dich und dein Schloß in Asche wandelt.
Ich weiß zu deinem Glück, du hast
Nicht aus dir selber so gehandelt.
Dein Todfeind weilt bei dir zu Gast.
Er ward nicht von dir umgebracht,
Nein, kam ins Land, um sich zu rächen,
Ergatterte durch ein Verbrechen
Der heiligen Fatime Tracht,
Und deine Frau, von ihm umgarnt,
Trieb zu dem schändlichen Befehle
Dich arglos an. Drum sei gewarnt;
Er will dir meuchlings an die Kehle."
Sprach's und verschwand. Sofort verfügte
Sich Aladdin zurück zum Saal,
Wo seine Gattin sich vergnügte
Mit einem Ballspiel, und befahl,

Man mög' ihm gleich Fatime holen.

"Sei mir gegrüßt!" rief Aladdin,
Als der vermummte Feind erschien;
"Denn warm hat man dich mir empfohlen.
Gib, fromme Frau, mir deinen Segen."
Der Zaubrer kam ihm sacht entgegen,
Und er bemerkte, wie der Strolch
Ein Messer unter seinem Kleide
Heimlich herauszog aus der Scheide.
Schnell griff er seinen eignen Dolch
Und bohrte dessen scharfes Erz
Dem Schurken mitten in das Herz.
Von seinem Blute ward im Saal
Der Boden ringsumher gerötet.

"Weh, was begingst du, mein Gemahl?
Du hast die Heilige getötet!"
Schrie Bedrulbudur sich verfärbend.
Er aber sprach voll Seelenruh':
"Nein, liebe Gattin, komm herzu!
Hätt' ich gesäumt, so läge sterbend
Ich selber hier; denn dieser Tote
Bekam den Lohn, der ihm gebührt:
Erkenn' ihn, der dich einst entführt
Und jetzt mit Meuchelmord mir drohte."

So hatte glücklich unser Held
Sich des Verfolgers nun entledigt,
Der ihm beharrlich nachgestellt,
Und ward vom Schicksal reich entschädigt
Für allen ausgestandnen Harm.
In der geliebten Tochter Arm
Entschlief im hohen Greisenalter
Der Sultan, und sein Schwiegersohn
Mit seiner Frau stieg als Verwalter

Des weiten Reiches auf den Thron.
Sie herrschten als beglückte Leute,
Umringt von Kind und Kindeskind,
Und wenn sie nicht gestorben sind,
So leben sie gewiß noch heute.